Victoria Thorsen

Sheila

Eine Liebe wie zu Shakespeares Zeiten

Mordgeschichte in sieben Akten

Herstellung und Verlag:

BoD – Books on Demand, Norderstedt

Bibliografische Information der Deutschen
Nationalbibliothek:

Die Deutsche Nationalbibliothek verzeichnet diese
Publikation in der Deutschen Nationalbibliografie;
detaillierte bibliografische Daten sind im Internet über
http://dnb.dnb.de abrufbar.

ISBN: 978-3-7481-4182-2

Begegnen wir der Zeit, wie sie uns sucht

William Shakespeare

1. Akt

Es schneit. Als wir vor einem Jahr hier eingezogen sind, hat es auch geschneit. Stundenlang sind Sheila und ich durch die weissen Wälder und Wiesen spaziert und haben unsere Spuren im unberührten Schnee zurückgelassen. Die Spuren sind inzwischen alle vergangen und neue wird es nicht geben, denn Sheila ist tot.

Ausser dem Ticken der alten Standuhr ist es ganz still in dem kleinen Wohnzimmer. Gedankenverloren sehe ich zu, wie die Schneeflocken auf das Fensterbrett rieseln, während ich mit stereotyper Bewegung über Sheilas Kopf streiche, der schwer auf meine Knie gebettet liegt.

„Wenn der Schnee schmilzt, wo bleibt dann das Weiss?", fragte schon Shakespeare und mir scheint, es gibt keine grössere Frage. Die Frage nach der Endlichkeit ist vermutlich grösser noch, als die Frage nach der Unendlichkeit.

Dichter und Denker haben sich schon den Kopf über dieser Frage zerbrochen und es mag anmassend klingen, aber ich glaube, ich habe soeben die Antwort darauf gefunden; es gibt nichts... nichts ausser der Erinnerung.

Eine Bewegung aus dem Sessel gegenüber lässt mich aufschrecken. Ist er also immer noch da. Fast hätte ich ihn vergessen.

Als wäre er an Händen und Füssen gefesselt, sitzt er mit zusammengepressten Knöcheln und Knien da, die Hände auf den Oberschenkeln ineinander verschränkt. Sein diskretes Hüsteln soll mich wohl daran erinnern, dass er auf eine Antwort wartet.

Es war ein Fehler, mich an die Polizei zu wenden... und es war ein noch grösserer Fehler, dass sie ausgerechnet den da geschickt haben. Er ist viel zu jung, um irgendwelche Erfahrung in seinem Beruf zu haben. Ein unbeholfener Junge, noch grün hinter den Ohren, da täuscht auch die schmucke Polizeiuniform nicht darüber hinweg.

- Ja richtig, sie wollen wissen, warum ich glaube, dass Sheila ermordet wurde? Nun, diese Frage lässt sich nicht in ein paar Sätzen beantworten und ich bin mir nicht sicher, ob sie die erforderliche Geduld und den notwendigen Ernst für diesen Fall aufbringen, junger Mann.

Der Polizist rückt hastig Notizblock und Kugelschreiber zurecht und versucht ein professionelles Gesicht zu machen.

- Ich bin ganz Ohr. Erzählen sie mir einfach, was sich zugetragen hat, Herr...ähm?

- Moll, Eusebius Moll.

- Natürlich, Herr Moll.

Es war ein Fehler, denke ich wieder, aber es wird mir nichts anderes übrig bleiben, als diesem Greenhorn die ganze Geschichte zu erzählen, denn es ist zweifelhaft, ob sich in dieser abgelegenen Gegend und bei diesem Wetter so auf die Schnelle ein anderer Polizeibeamter finden lässt. Also versuche ich mich zu konzentrieren und überlege, wo ich anfangen soll. Schliesslich räuspere ich mich und beginne zu erzählen:

- Bevor Sheila in mein Leben getreten ist, habe ich über sechzig Jahre lang genügsam vor mich hin existiert. Ich verwende ganz bewusst den Ausdruck existiert, und nicht gelebt, denn wenn ich heute zurückblicke, kann man die Zeit vor Sheila nicht wirklich Leben nennen. Nach einigen zaghaften Versuchen in meiner Jugend, das Leben zu bezwingen und etwas Grossartiges daraus zu machen, merkte ich bald einmal, dass das in meinem Fall lediglich Träumereien waren. Jahr um Jahr völliger Ereignislosigkeit verging, ohne dass mich auch nur das kleinste Vorkommnis aus dem gleichförmigen Strom meines Daseins gerissen hätte. Ich habe mich weder verliebt, noch jemals ein Bein gebrochen oder im Lotto gewonnen. Zufälle und Verwicklungen schienen mich ebenso zu meiden wie Abenteuer und Herausforderungen, was mir ehrlich gesagt, mit der Zeit auch ganz lieb war. Ich hielt es für eine bequeme Art zu leben, ersparte es mir doch Enttäuschungen und unnötige Aufregung. So bin ich in meinem Leben, genau wie in meinem Beruf als Lokomotivführer, stets den vorgegebenen Fahrplänen und Schienen gefolgt, dankbar über die gestellten Weichen die mich führten, ohne dass ich mir Gedanken über den Weg machen musste.

Der Kugelschreiber des jungen Polizisten fällt mit einem leisen Klirren auf den Fussboden. Mit einer zerknirschten Entschuldigung hebt er ihn auf und nimmt seine gerade Haltung wieder ein. Ich versuche den jungen Mann zu ignorieren und fahre fort:

- Ich hatte mich also längst damit abgefunden meinen Lebensabend ereignislos und allein zu verbringen, als ich eines Morgens, es war kurz vor meiner Pensionierung, meine Frühschicht antrat und den Zug in den Bahnhof einfahren wollte. In der Nacht hatte es geregnet und die warme Morgensonne liess die Feuchtigkeit in flirrendem Dampf über den Gleisen aufsteigen. Plötzlich, wie aus dem Nichts aufgetaucht, schwebte Sheila einer Fata Morgana gleich auf dem Bahngleis, direkt vor meinem Zug. Die Situation hatte etwas Unwirkliches, aber ich reagierte geistesgegenwärtig und blitzschnell. Ich betätigte die Zugssirene und leitete eine Vollbremsung ein, doch Sheila schaute nur mit verlorenem Blick zu mir hoch und blieb regungslos stehen. Zum Glück fuhr ich erst mit geringer Geschwindigkeit, so dass ich den Zug ein paar Meter vor ihr zum Stehen bringen konnte. Sie machte keinerlei Anstalten den Weg freizumachen und es blieb mir nichts anderes übrig, als aus dem Führerstand zu klettern und sie fortzuschicken. Als ich ihr schliesslich gegenüberstand, traf es mich wie ein Blitz. Niemals zuvor hatte ich ein so zauberhaftes Wesen gesehen. Ihr weizenblondes Haar glänzte wie gesponnene Seide in der Morgensonne und ich verlor mich in ihren unbeschreiblich sanften Augen, in denen gleichzeitig ein wildes, unbezähmbares Feuer loderte. Ich konnte den Blick nicht aus dem ihren lösen... es war, als würde ich mich in einer endlosen Wüste verlaufen.

Mit einem etwas gequälten Gesichtsausdruck unterbricht mich der Polizist erneut:

- Das ist eine wirklich nette Geschichte, aber wieso glauben sie denn nun, dass sie getötet wurde?

- Genau das, junger Mann, versuche ich ihnen gerade zu erzählen, nur ist das etwas schwierig, wenn sie mich dauernd unterbrechen.

Strafend sehe ich den Gesetzeshüter an. Diese jungen Leute von heute sind einfach zu ungeduldig. Etwas ungehalten nehme ich den Faden wieder auf:

- Also kurz und gut, Sheila hatte kein Zuhause und ich habe sie bei mir aufgenommen. Sie können sich vielleicht denken, dass dies für einiges Aufsehen sorgte. Der stets korrekte, gähnend langweilige, in die Jahre gekommene Eusebius Moll mit Bäuchlein, Brille und Glatze lief auf einmal mit einem exotischen Wesen wie Sheila durch die Strassen... ein älterer Mann von pyknischem Habitus mit einer fleischgewordenen Göttin... die Schöne und das Biest... Esmeralda und Quasimodo... Christine und das Phantom der Oper! Doch die neugierigen, zum Teil belustigten Blicke störten Sheila nicht. Stolz wie eine Königin ging sie mit hoch erhobenem Haupt neben mir her, wobei ihr langes Haar den geschmeidigen Körper bei jedem ihrer wippenden Schritte wie ein goldener Mantel umschmeichelte. Aber das Wundervollste war ihre innere Schönheit. Sie verkörperte alle guten Eigenschaften wie Treue, Geduld, Sanftmut, Toleranz, Dankbarkeit... ich könnte ewig so fortfahren... und dabei sprühte sie vor Lebensfreude, die selbst einen alten Griesgram wie mich mitriss. Für sie zählte nur das, was wirklich wichtig ist. Weder das Gestern oder das Morgen, noch mein Aussehen, mein Bankkonto oder meine soziale Stellung spielten in ihrer Welt eine Rolle. Sie hätte mich auch geliebt, wenn ich gestottert, geschielt und einen Buckel gehabt hätte. Sie hat... hatte die aussergewöhnliche Fähigkeit die Seele eines Menschen zu erkennen...!

Die Erinnerung überkommt mich und ich vergrabe mein Gesicht in den Händen. Die Vorstellung, dass sie für immer von mir gegangen ist, überwältigt mich.

Der Polizist beginnt unbehaglich in seinem Sessel hin und her zu rutschen und meint schliesslich:

- Vielleicht wäre es besser, man würde sie jetzt wegbringen.

Er sagt es, als ob das ein Trost wäre. Der Junge

versteht gar nichts. Ich hole tief Atem und räuspere mich:

- Nein, ich bin noch nicht soweit. Ein Abschied für immer braucht seine Zeit. Es geht gleich wieder.

Der Polizist schweigt, wenn auch mehr aus Verlegenheit als aus Betroffenheit. Aber ich bin ihm dankbar, dass er mir einen Moment gibt, um mich zu fassen. Mit belegter Stimme fahre ich fort:

- Als wir dann nach meiner Pensionierung vor etwas mehr als einem Jahr dieses gemütliche, vom nächsten Ort weit abgelegene Häuschen fanden, waren wir wunschlos glücklich. Alles hinter mir zu lassen und hier draussen, allein mit Sheila, ein völlig neues Leben zu beginnen, war mehr als ich mir je erhofft hatte. Ausser der Nachbarin, Frau Flora, gibt es hier keinen Menschen und Frau Flora schien anfangs eine ganz reizende alte Dame zu sein. Sie wohnt in der alten Villa nebenan und vermietet uns für wenig Geld dieses ehemalige Gärtnerhaus, mit der Bedingung, dass ich mich ein wenig um den Garten und kleinere handwerkliche Arbeiten im

Haus drüben kümmern soll. Diese Vereinbarung schien mir ideal; ich würde zwar mit Sheila abgelegen und ungestört leben und doch war da ab und zu eine sinnvolle Aufgabe, was mir den Übergang ins Rentnerleben erleichterte. Ausserdem liebe ich Gartenarbeit und es reizte mich, den grossen, wildromantischen Garten in Ordnung zu bringen.

Das nervöse auf und ab Wippen des Fusses des Polizisten bringt mich aus dem Konzept. Ich versuche mich zu konzentrieren.

- Also ich machte den Garten... und... ab und zu... hören sie, so geht das nicht. Ich habe das Gefühl der Fall übersteigt ihre Kompetenz.

- Wenn ich nur endlich wüsste, um was für einen Fall es hier eigentlich geht, so könnte ich ihnen bestimmt weiterhelfen. Kommen sie doch bitte einfach auf den Punkt.

Jetzt wird der Junge doch tatsächlich auch noch frech. Auf den Punkt kommen... auf den Punkt kommen...! Ich schnappe nach Luft und zähle innerlich bis zehn.

Langsam, wie zu einem zurückgebliebenen Kind, setze ich dem Jüngling auseinander, dass in diesem Fall jedes noch so kleine Detail wichtig ist. Resigniert sackt er in sich zusammen und schaut geistesabwesend vor sich hin. Vermutlich geht er jetzt in Gedanken seinen Ferienplänen nach oder überlegt, wo er sein Feierabendbier kippen soll. Trotzdem erzähle ich weiter. Es bleibt mir ja nichts anderes übrig.

- Zuerst ging auch alles gut. Frau Flora war, wie gesagt, eine reizende alte Dame. Sie hat mich ab und zu gerufen um eine durchgebrannte Glühbirne auszuwechseln oder um den Kamin anzuzünden, wenn er nicht gut abzog, solche Sachen eben. Manchmal hat sie mich auch gebeten ihr eine Betriebsanleitung oder etwas aus einem Kochrezept vorzulesen, da ihre Augen von einer Makuladegeneration befallen sind und sie nicht mehr gut sehen kann. Ich habe mir nichts dabei gedacht, schliesslich war diese Vereinbarung Teil unseres Mietvertrags und ich half ihr gerne, wenn ich konnte. Doch dann wurden die Aufträge immer mehr und bald rief sie mich bis zu zehn- zwanzigmal am Tag; die Türe quietschte, der Abfluss war verstopft, ein Bild hing schief, eine durchgebrannte Sicherung musste ersetzt werden, die Heizung machte Lärm, ein Fenster zog und brauchte neue Dichtungen und so weiter. Das Haus drüben ist gross und alt, so fand sie immer einen neuen Vorwand um mich hinzubeordern. Ich war über mein bis anhin latentes handwerkliches Talent selbst erstaunt und als ich dann mit der Zeit das Haus so sehr auf Vordermann gebracht hatte, dass sie keine Mängel mehr finden konnte, begann die Sache mit Shakespeare!

Shakespeare! Ich mache den Fehler kurz innezuhalten, was der Möchtegernpolizist mir gegenüber sofort ausnutzt um mich wieder zu unterbrechen:

- Hat denn dieser Shakespeare etwas mit dem Fall zu tun?

Ich starre ihn an und bin dankbar, dass ich mein Leben bald hinter mir habe, so dass ich den Untergang der Menschheit hoffentlich nicht mehr miterleben muss.

- Sie wollen mir tatsächlich zu verstehen geben, dass sie Shakespeare nicht kennen?

- Warum? Sollte ich?

- „Macbeth", „König Lear", „Othello"?... „Ein Sommernachtstraum"?

- Ach so, sie meinen die in diesen Strumpfhosen mit dieser schwülstigen Sprache.

Ich weine um die Menschheit.

- Was haben die denn mit Sheilas Tod zu tun?

Ich seufze und fahre fort, auch wenn mir das Gespräch mit diesem Menschen immer sinnloser erscheint.

- Frau Flora hat eine Vorliebe für Shakespeare müssen sie wissen. Sie besitzt das gesamte Werk von Shakespeare in verschiedenen Ausgaben und Sprachen. Auf ihrem Nachttisch steht ein Foto mit einem als Romeo verkleideten Schauspieler, auf welchem die Widmung steht; FÜR FLORA VON DEINEM ROMEO. Dieser Mann war, wie sie mir einmal nach ein paar Gläschen Wein anvertraut hat, die grosse und einzige Liebe in ihrem Leben gewesen. Doch er war Künstler und hat das anscheinend nicht ganz so ernst wie sie gesehen. Die ganze Liaison hat wohl nicht lange gedauert. Auf jeden Fall kam sie eines Tages mit der Bitte zu mir, ob ich ihr etwas aus Julia und Romeo vorlesen könnte. Anfangs hatte ich Mühe mit der, wie sie es nennen, „schwülstigen Sprache", welche übrigens fälschlicherweise oft der Renaissance oder dem Barock zugeordnet wird. Tatsächlich aber muss man Shakespeares Werk am ehesten in der Zeit dazwischen, in der sogenannten Manieristischen Epoche, einreihen. Doch ich schweife ab. Frau Flora schien also ganz angetan von meiner Stimme und so bat sie mich immer öfter ihr vorzulesen. Mit der Zeit fand ich selbst gefallen an den Stücken und ohne, dass ich es merkte, wurde das tägliche Vorlesen am Nachmittag zwischen drei und fünf Uhr zum festen Ritual. Sheila fand das weniger gut. Sie ging Frau Flora nach Möglichkeit aus dem Weg und begleitete mich nie, wenn ich zur Villa hinüber ging. Im Sommer legte sie sich dann meistens auf eine Decke unter den alten Kirschbaum vor unserem Häuschen und döste vor sich hin und im Winter wartete sie vor dem warmen Kamin auf mich. Klug wie sie ist... war..., hat sie wohl gespürt, dass die alte Frau ihr nicht wohlgesinnt war. Aber ich habe das nicht ernst genommen... ach, hätte ich doch nur auf ihre subtilen Hinweise geachtet... dann wäre sie jetzt noch am Leben! Sie müssen wissen, diese Frau hat Sheila vergiftet... heimtückisch vergiftet...!

- Und wie genau hat sie das gemacht?

Jetzt fällt der mir schon wieder ins Wort und schaut dabei auch noch auf seine Armbanduhr.

- *Wie arm sind die, die nicht Geduld besitzen!*

- Wie bitte?

- Das sagt Jago zu Rodrigo in „Othello" am Ende des zweiten Aktes. Sie sollten wirklich einmal Shakespeare lesen, junger Mann! Da stehen eine Menge Weisheiten drin. Er hat übrigens gegen die vierzig Komödien und Dramen und 154 Sonette geschrieben.

- Sehr schön, aber um Fünf habe ich Dienstschluss.

Erzählen sie doch einfach von dem Moment, wie Frau Flora Sheila vergiftet hat.

Meine Augen wandern zur Decke. Es ist zwecklos. Also überspringe ich all die kleinen und grösseren Ereignisse, welche mich im Nachhinein betrachtet hätten warnen sollen und fahre an der Stelle fort, als Frau Flora für Sheila dieses verhängnisvolle Gulasch gekocht hat.

- Ich esse kein Fleisch, müssen sie wissen. Nicht nur aus ethischen oder ideologischen Gründen, ich mag auch den Geschmack und die faserige Konsistenz nicht. Schon als Kind mochte ich es nicht, so wie andere Kinder keinen Spinat oder Haferbrei mögen. Für Sheila habe ich jedoch regelmässig Fleisch gekocht. Ich koche gerne und obwohl wir so abgelegen wohnen, habe ich nie irgendwelche Konserven oder Fertigprodukte benutzt. Ein... oder zweimal im Monat bin ich mit Frau Floras verstaubtem, altem Bentley in den nächsten Ort gefahren und habe für uns alle eingekauft.

Ich halte kurz inne. Schaut der jetzt schon wieder

auf die Uhr? Ich kann es mir nicht verkneifen, eine Bemerkung zu machen.

- Das ist eine hübsche Armbanduhr. Bestimmt ein Geschenk?

- Nein, wie kommen sie darauf?

- Ich dachte nur sie muss ihnen sehr wichtig sein, weil sie ständig nach ihr sehen.

- Ja, hören sie... apropos Uhr... könnten wir das Ganze hier etwas beschleunigen...

Am liebsten würde ich dem Jungen eine kleine Ohrfeige verpassen, um ihm etwas Anstand beizubringen. Anscheinend haben seine Eltern ihren Job nicht allzu ernst genommen. Aber ich will mich durch sein ungehöriges Verhalten nicht immerzu ablenken lassen und spreche weiter:

- Also ich mag kein Fleisch und Frau Flora weiss das. So hat sie sich wohl diesen teuflischen Plan mit dem vergifteten Gulasch ausgedacht. Sie konnte sich ja sicher sein, dass nur Sheila, und nicht ich, davon essen würde.

- Sie hat also giftiges Gulasch gekocht?

- Endlich begreifen sie es, junger Mann. Gestern Mittag hat sie plötzlich vor unserer Türe gestanden und mir überfreundlich einen Topf mit Gulasch überreicht. Für Sheila, meinte sie, weil sie mich doch in letzter Zeit so in Beschlag genommen hätte mit all dem Vorlesen und so, und weil die gute, geduldige Sheila mich deshalb so oft hatte entbehren müssen. Ich wunderte mich ein wenig über diese ungewöhnliche Aufmerksamkeit Sheila gegenüber, doch konnte ich zum damaligen Zeitpunkt noch nicht ahnen, dass Frau Flora eine gemeine Gifthexe ist.

- Eine Gifthexe?!

Der junge Polizist versucht ernst dreinzuschauen, doch mir entgeht das unterdrückte Schmunzeln seiner Mundwinkel nicht. Seine Überheblichkeit reizt mich, ihn etwas aus der Fassung zu bringen.

- *Um den Kessel dreht euch rund, werft das Gift in seinen Schlund; Kröte, die im kalten Stein, Tag und Nächte dreimal neun, zähen Schleim im Schlaf gegoren, sollst zuerst im Kessel schmoren. Feuer sprühe, Kessel glühe! Sumpfger Schlange Schweif und Kopf, brat und koch im Zaubertopf. Molchesaug und Unkenzehe, Hun-*

demaul und Hirn der Krähe, zäher Saft des Bilsenkrauts,

Eidechsbein und Flaum vom Kauz. Mächtger Zauber

würzt die Brühe, Höllenbrei im Kessel glühe!

Der amüsierte Ausdruck im Gesicht des jungen Polizisten ist verschwunden. Mit einer hastigen Bewegung macht er Anstalten sich zu erheben.

- Ich denke, ich habe nun genug gehört. Ich werde jemanden vorbeischicken um den Leichnam abzuholen. Wir werden ihn auf Giftspuren untersuchen lassen und dann...!

- Aber, aber junger Mann. Setzen sie sich wieder hin. Ich habe doch nur die Hexen aus „Macbeth" zitiert, kein Grund die Flucht zu ergreifen. Also ich bin mir sicher, dass Frau Flora ein schnell wirkendes Gift benutzt hat und ich kann es auch beweisen!

2. Akt

Es schneit noch immer. Die Flocken sind kleiner und dichter geworden, ein richtiges Schneegestöber, ich kann nicht einmal mehr bis zum Waldrand hinübersehen. Obwohl es noch Nachmittag ist, breitet sich schon eine bedrückende Düsterheit im Wohnzimmer aus. Ich ziehe an der Kordel der Stehlampe neben dem Sofa und werde mit Sheilas erkaltetem Körper im Arm in einen hellen Lichtkegel getaucht.

Wie in einem grotesken Bühnenbild beherrscht das geblümte Sofa mit den abgewetzten Armlehnen den Raum, während mir gegenüber der Polizist in dem ausgebeulten Ledersessel im Schatten versinkt.

- Die ganze Welt ist eine Bühne und alle Fraun und Männer blosse Spieler. Sie treten auf und gehen wieder ab, sein Leben lang spielt einer manche Rollen, durch sieben Akte hin.

Habe ich die berühmte Stelle aus „Wie es euch gefällt" laut ausgesprochen? Ich bin mir nicht sicher, aber der junge Polizist schaut mich leicht verstört an und räuspert sich nervös:

- Sie sagten, sie können beweisen, dass Frau Flora Sheila vergiftet hat. Was sind das denn nun für Beweise?

Der Junge hat offensichtlich noch immer nicht begriffen, dass seine Ungeduld nirgends hinführt. Unbeeindruckt vertiefe ich mich in die Betrachtung dieser geflügelten Worte.

- Wissen sie, ich mag Shakespeares Vorstellung, dass das Leben einem Theater gleichkommt. Das Fatale daran ist nur, dass jeder glaubt die Hauptrolle zu spielen und dabei auch noch sein eigener Regisseur zu sein. Welch ein Irrtum! Hätte ich die Regie über mein Leben, hätte ich eine unendlich lange, leichte Komödie oder eine nie endende Liebesromanze daraus gemacht. Doch nun ist nur ein viel zu kurzes, skurriles Drama daraus geworden. Wenn ich könnte, würde ich den Regisseur der dafür verantwortlich ist schütteln und rufen: Aus! Vorhang! Alles nochmals von vorne mit neuem Drehbuch! Doch wer immer hier in meinem Leben Regie führt ist entweder ein absoluter Versager oder ein teuflischer Sadist, welcher mich verzweifelt und ohnmächtig zurücklässt. Und genau dies ist eine Gegebenheit, die ich so nicht akzeptieren kann. Ich habe deshalb beschlossen, in diesem Fall selbst die Regie zu übernehmen und für diese Ungerechtigkeit Vergeltung zu üben, wenn ich auch Sheila leider damit nicht wieder zum Leben erwecken kann.

Der Polizist schaut mich misstrauisch an.

- Was meinen sie mit Vergeltung?

- *Liebe für Liebe, bitteren Hass für Hass, Gleiches mit Gleichem zahl ich Mass für Mass.*

- Hm, wieder Shakespeare, was?

- Sehr scharfsinnig.

- Und was soll das bedeuten?

- Das bedeutet, dass wenn Frau Flora Sheila wirklich vergiftet hat, es nur gerecht ist, dass sie dafür büssen wird.

- Sie meinen doch nicht etwa so eine Art Selbstjustiz?

- Ich nenne es Gerechtigkeit!

- Das ist aber gesetzeswidrig und zwar aus gutem

Grund. Wo kämen wir da hin, wenn jeder so handeln würde?

- Die Welt würde in Anarchie und Chaos versinken und Richter und Anwälte wären arbeitslos. Doch sehen sie, wer wie ich an einem Punkt angelangt ist, an dem ihm alles genommen wurde und man nichts mehr zu verlieren hat, so bleibt einem gar nichts anderes übrig, als das gerechte Gleichgewicht wenigstens ein Stück weit selbst wiederherzustellen. Wie sollte man sonst weiterleben?

- Seltsame Logik.

- Aber nein, ganz im Gegenteil. Dies ist die einzig folgerichtige Logik. Ich habe mich mein Leben lang an das vielleicht wichtigste gesellschaftliche Prinzip „was, wenn alle das täten?" gehalten, weil ich dazugehörte und unserem Sozialgefüge verpflichtet war. Durch Sheilas Tod jedoch bin ich aus meiner elliptischen Umlaufbahn katapultiert worden. Ich kreise nicht mehr mit den anderen um die Sonne, denn mein Stern existiert nicht mehr. Er ist durch die Hand eines zerstörerischen Menschen für immer erloschen. Wie ein Meteor bin ich aus der kosmischen Ordnung ins All geschleudert worden und schwebe losgelöst schwere- und gesetzlos im Universum. Deshalb gilt der normalerweise berechtigte Einwand „was, wenn alle das täten?" für mich nicht mehr.

- Sie machen es sich aber sehr einfach. So dürfte ja jeder, dem etwas Schlimmes widerfahren ist, ein Gesetzesloser werden.

- Natürlich nicht. Eine schlimme Erfahrung genügt nicht für das Recht, ein Delinquent zu werden. Dazu braucht es schon die ultimative Apokalypse.

- Bei allem Respekt, das ist doch Unsinn. Nichts rechtfertigt Selbstjustiz!

- Dieser Grundsatz ist normalerweise natürlich richtig, doch es gibt eine Ausnahme. Haben sie schon einmal geliebt? Ich meine richtig geliebt, nicht dieses verliebt sein von heutzutage. Nicht dieses „heute diese, morgen jene" und nicht diese „Lebensabschnittspartnersache", in der man je nach Situation den Partner wieder auswechselt. Nein, ich meine die wahre Liebe wie zu Shakespeares Zeiten, als die Liebe noch eine Sache auf Leben und bis in den Tod war. Shakespeare hat das in einem seiner Sonette einmal sehr schön gesagt; *Liebe wechselt nicht mit Stunde oder Woche, weit reicht ihre Kraft bis zum letzten Tag!* Haben sie eine Freundin?

- Wir kommen wieder vom Thema ab...

- Also nein!

- Nicht, dass es sie etwas angeht, aber doch, ich habe eine Freundin.

- Und würden sie für sie sterben?

- Ich denke nicht, dass das nötig sein wird.

- Nein ernsthaft. Wenn ein Zug käme und sie könnten sie nur retten, wenn sie sich selber davorwerfen, würden sie das tun?

- ...Hm... vermutlich.

- Und würden sie auch töten für sie?

- Natürlich nicht, ausser in Notwehr.

- Die Liebe zu ihrer Freundin scheint mir dann aber nicht besonders tief zu gehen. Wahre Liebe hebt das Gesetz von Recht und Unrecht, von Zeit und

Raum, ja selbst von Ursache und Wirkung auf. Der einzig wahren Liebe ordnet sich alles unter. Sie ist die stärkste Kraft im Universum.

- Das sehe ich anders.

- Natürlich. Weil der Mensch in der oberflächlichen, schnelllebigen Welt von heute dieses absolute Gefühl gar nicht mehr empfinden kann. Wir leben in einer unbeständigen Welt ohne wahren Werte. Sehen sie, deshalb mag ich Shakespeare und seine Zeit so sehr. Da hatte man noch Muse für echte, tiefe Gefühle und eine Sprache, mit welcher man seine innersten Empfindungen ausdrücken konnte. Man konnte mit Worten Bilder malen, konnte damit erobern und verführen, konnte sich offenbaren und war erst noch fähig, wirklich zuzuhören. Eine Kunst, die nebenbei gesagt, heute kaum jemand noch beherrscht. Wenn man bedenkt, dass die Sprache die Geisteshaltung einer Gesellschaft spiegelt, sind wir mit unserer armseligen Ausdrucksweise und dem verkümmerten Wortschatz einfach nur noch bedauernswerte, beschränkte, bilderbesoffene Geschöpfe.

- Mag sein. Trotzdem berechtig sie ihre Trauer nicht Selbstjustiz zu verüben.

- *Jeder kann den Schmerz bemeistern, nur der nicht, der ihn fühlt*, wusste Shakespeare schon in „Viel Lärm um nichts".

- Ihr Shakespeare hat wohl für alles einen Spruch.

- Sag ich doch.

- Ich meinte das ja eigentlich eher ironisch.

- Und doch können sie die Wahrheit in seinen Texten nicht leugnen. Er war ein Genie. In seiner Welt war es ehrenvoll für die Liebe zu sterben oder, wenn es sein musste, auch zu töten.

- Nichts für ungut, aber das klingt für mich doch eher verrückt als genial.

- In der Regel ist das ja auch dasselbe. Das ist genau das, was ich vorhin zum Ausdruck bringen wollte. Dieses absolute Gefühl der Liebe ver-rückt alles! Das Wort sagt es ja schon; nichts ist mehr an seinem Platz! Bei dieser Form der Liebe wird man aus der Bahn geschleudert. Man kreist nicht mehr mit den anderen im selben Universum.

- Das sagten sie vorhin auch über sich. Das müsste dann wohl bedeuten, dass sie auch verrückt sind.

- Natürlich bin ich ver-rückt! Dank Sheila ist nichts mehr so, wie es ursprünglich war. Und ich werde ihr für diese Erfahrung ewig dankbar sein.

- Hm... wie sie meinen. Verrückten soll man ja bekanntlich nicht widersprechen. Und was haben sie nun vor?

- Ich habe gekocht.

- Gekocht?

- Ja, und sie sind eingeladen mit Frau Flora und mir zu dinieren.

- Ich soll bei ihnen zu Abend essen?

Der Polizist springt auf und sucht unbeholfen nach einer Ausrede, während er wieder auf seine Armbanduhr schaut, als könne er dort eine Antwort finden.

- Das ist leider ganz unmöglich... es ist gleich Fünf... und ich habe schon etwas vor... eine wichtige Verabredung...!

Ganz vorsichtig, ja zärtlich, schiebe ich Sheilas

Kopf von mir, bette sie bequem auf ein Kissen und decke sie mit einer Decke zu, so dass nur noch einige Strähnen ihres wundervollen Haares zu sehen sind. Etwas schwerfällig stehe ich auf und gehe mit steifen Schritten auf den jungen Mann zu, um ihm väterlich auf die Schultern zu klopfen.

- Was kann es für einen jungen, aufstrebenden Polizisten wie sie es sind wichtigeres geben, als einen Fall eigenständig und erfolgreich abzuschliessen? Seien sie nicht dumm. Denken sie an ihre Karriere und zeigen sie ihren Kollegen und der Welt was in ihnen steckt! Ihre Verabredung können sie nachholen, aber ein Fall wie dieser, bei dem man sie alleine ermitteln lässt, kommt vielleicht nicht so bald wieder. Also der Plan sieht so aus. Ich habe Strudel gemacht.

- Sie haben was?

- Sie wissen schon, diesen dünn gezogenen, gerollten Teig mit Füllung. Wenn denn Frau Flora da ist, werde ich beiläufig erwähnen, dass ich als Füllung den Rest ihres vorzüglichen Gulasches mit verwendet habe. Da Sheila ja nicht mehr dazu gekommen ist alles aufzuessen, wäre es schade darum, es verkommen zu lassen. Wenn Frau Flora daraufhin von dem Strudel isst, können wir davon ausgehen, dass ich mich geirrt habe und Sheila aus einem anderen Grund gestorben ist. Sollte sie sich jedoch weigern... und davon bin ich überzeugt... von ihrem eigenen Gericht zu essen, haben wir den Beweis, dass sie eine Mörderin ist und sie können sie überführen.

- Sie wollen der alten Frau das Gulasch vorsetzen, von dem sie glauben, dass es vergiftet ist? Das können sie unmöglich ernst meinen!

- Sie müssen zugeben, es ist ein genialer Plan.

Der junge Polizist kommt mir leicht debil vor, wie er jetzt mit offenem Mund vor mir steht.

- Wie kommen sie nur auf eine solch absurde Idee. Sie müssen wirklich verrückt sein!

- Das hatten wir ja schon. Und jetzt helfen sie mir bitte den Tisch zu decken. In einer halben Stunde wird Frau Flora eintreffen und dann muss alles bereit und sehr festlich sein. Schliesslich findet dieses

Abendmahl zu Ehren Sheilas statt.

3. Akt

Das Schneegestöber hat sich zu einem gewaltigen Schneesturm ausgewachsen. Der Wind pfeift um die Ecken des kleinen Gärtnerhauses und lässt es zwischen Gebilde aus dünenartigen Schneehügeln versinken.

Der junge Polizist versucht verzweifelt mit seinem Handy einen Kontakt herzustellen. Ich könnte ihm sagen, dass es hier draussen nur sehr schlechten Empfang gibt, aber ich lasse ihm den Spass durch die Wohnung zu rennen und auf Stühle und Fensterbretter zu klettern, um dabei das Telefon über seinem Kopf zu schwenken.

- Verdammt, kein Empfang!

- Ich weiss.

- Dann werde ich jetzt zum Wagen gehen und per Funkspruch Verstärkung anfordern. Und sie rühren sich inzwischen nicht von der Stelle.

- Sie wollen da hinausgehen?

Wortlos stürmt der Mann an mir vorbei und reisst die Polizeijacke, welche mir für dieses Wetter nicht gerade geeignet erscheint, vom Garderobenhaken.

- Dann tun sie, was sie nicht lassen können, junger Mann. Aber ich halte es für keine gute Idee, jetzt da hinauszugehen.

Der Junge zeigt sich plötzlich erstaunlich kämpferisch, wie er so durch den Schneesturm stapft und im Schneegestöber verschwindet. Das kann dauern. Ich beginne unterdessen schon mal den Tisch zu decken. Dazu hole ich die weisse Damast Tischdecke aus dem Schrank, welche ich sonst nur an Festtagen wie Weihnachten, Ostern oder am Geburtstag aufdecke und streiche sie fein säuberlich glatt. Dann gehe ich in die Küche und hole Teller, Gläser und Besteck und decke für drei auf. Das Besteck hauche ich kurz an und poliere es mit einem trockenen Geschirrtuch nach, damit keine Fingerabdrücke oder Wasserflecken darauf zu sehen sind. Alles soll schliesslich perfekt sein. Auch die Wein- und Wassergläser halte ich eines nach dem anderen gegen das Licht und kontrolliere sie auf ihre makellose Reinheit. Schliesslich krame ich noch den schweren, fünfarmigen silbernen Kerzenleuchter meiner Großmutter von ganz hinten im Küchenschrank hervor und platziere ihn in der Mitte des Tisches.

Ich trete einen Schritt zurück und betrachte kritisch mein Werk. Irgendetwas fehlt noch. Aber natürlich, die Servietten! Leider kenne ich keine der Origamitechniken, mit welchen sie in vornehmen Restaurants kunstvolle Schwäne und dergleichen falten, darum begnüge ich mich damit, sie zusammengerollt in Serviettenringe zu stecken und neben die Teller zu legen.

Zufrieden betrachte ich mein Werk. Nun brauche ich nur noch die Wasserflasche bereitzustellen und den Wein zu dekantieren. Ich habe mich schon im Vorfeld für einen schweren, rubinroten Barolo entschieden und fülle ihn nun sorgfältig in eine hübsch geschliffene Kristallkaraffe. Frau Flora wird sich darüber freuen, sie ist eine Weinkennerin und schätzt einen guten Tropfen.

Wo nur der Junge bleibt? Wie leichtsinnig aber auch, bei diesem Wetter hinauszugehen. Man sieht doch die Hand vor Augen nicht. Langsam mache ich mir Sorgen. Ob ich mal nach ihm sehen soll? Ich gehe zum Fenster, blicke aber nur in ein undurchdringliches weisses Nichts.

Plötzlich fröstelt mich und ich beschliesse, den Kamin anzufeuern. Sollte der Polizist bis dahin nicht wiederkommen, würde ich nach draussen gehen um nach ihm zu sehen.

Es braucht eine ganze Weile, bis der Abzug richtig zieht und das Holz die Flammen knisternd aufnimmt. Doch dann breitet sich eine angenehme Wärme aus und verwandelt das kleine Wohnzimmer in ein gemütliches Schneckenhaus, inmitten des unwirtlichen Lebensraums da draussen.

Und da kommt er ja auch endlich! Verfroren wie ein sibirischer Kriegsgefangener auf der Flucht steht er unter der Haustüre und schüttelt sich den Schnee vom Leib. Hätte er einen Bart, wüchsen bestimmt Eiszapfen daran. Er zieht die Jacke aus und geht zum Feuer. Seine Hose beginnt zu tropfen und ich schlage vor sie auszuziehen, um sie am Feuer zu trocknen. Trotzig wie ein kleiner Junge schüttelt er den Kopf und hält die frostklammen Hände gegen die Flammen.

- Wie sie meinen. Aber vielleicht möchten sie gerne eine Tasse heissen Tee?

Er nickt, was wohl soviel wie „ ja gerne", bedeuten soll. Ich schiebe ihm seinen Sessel vor das Feuer, lege vorsorglich eine Wolldecke auf das Leder und gehe in die Küche.

Da ich kein Kaffeeliebhaber bin, habe ich mir ein kleines, erlesenes Teesortiment aus verschiedenen Schwarztees und einigen Kräutertees zugelegt. Nach kurzem Überlegen greife ich nach der Darjeelingdose und übergiesse einen gehäuften Löffel der aromatischen, getrockneten Blätter mit kochendem Wasser, um sie einige Minuten im Krug ziehen zu lassen. Dann giesse ich den dampfenden Tee durch ein Teesieb in zwei dünnwandige Teetassen. In die Tasse des Polizisten gebe ich noch einen kräftigen Schuss Rum, um den Jungen auch von innen aufzuwärmen.

Nach dem ersten Schluck zögert er und blickt einmal mehr auf seine Armbanduhr. Daraufhin stellt er die Tasse auf den Kaminsims neben Sheilas Foto und starrt frustriert geradeaus ins Feuer. Nach ein paar schweigsamen Minuten schaut er wieder auf die Uhr und trinkt die Tasse in einem Zug leer.

Das muss man ihm lassen, er hält sich offenbar sehr genau an die Vorschriften. Die alte Standuhr läutet genau in diesem Moment mit fünf tiefen Schlägen seinen Feierabend ein. Als der letzte Schlag verklungen ist, streckt er mir stumm die leere Tasse hin. Offensichtlich ist er verstimmt, deshalb fülle ich die Teetasse mit Rum auf und verzichte auf den Tee.

- Was ist denn los?

- Nichts.

- Haben sie die Polizeiwache erreichen können?

- Ja.

- Und, kriegen sie Verstärkung?

Der Polizist schweigt verstockt und starrt weiter ins Feuer.

- Ich frage ja nur, weil ich wissen muss, ob ich ein Gedeck mehr auflegen soll.

- Bei diesem Wetter kommen die nicht hier heraus.

- Ich habe ihnen doch gleich geraten den Fall selbständig zu lösen.

- Sie können mich mal.

- Na na, nun wollen wir aber nicht ausfallend werden, junger Mann.

- Ach, ist doch wahr. Die glauben, sie haben sich mit mir einen Scherz erlaubt und haben mich wie einen dummen Jungen behandelt. Das machen die schon die ganze Zeit, nur weil ich hier der Neue und noch jung bin. Die haben mich von Anfang an nicht ernst genommen.

- *Erfahrung wir durch Fleiss und Müh erlangt und durch den raschen Lauf der Zeit gereift.*

- Shakespeare!?

- Aus „Die beiden Veroneser".

- Noch nie gehört.

Was für eine Überraschung! Doch ich will nachsichtig sein, der Junge macht gerade einiges durch, wie mir scheint.

- Ein Frühwerk. Nicht allzu bekannt.

- Und was soll mir das jetzt bringen?

- Jetzt nehmen sie sich das Ganze nicht so zu Herzen. Denen zeigen sie es mit links. Wenn sie heute Frau Flora ihrer gerechten Strafe überführen, werden sie der Held des Tages sein, zu dem in Zukunft alle aufblicken.

Ich fülle ihm die Teetasse nochmals mit Rum und stelle fest, dass seine Lippen wieder Farbe bekommen.

- Sie werden sehen, alles wird gut.

- Sie wollen uns vergiften und sagen, alles wird gut? Sie haben vielleicht Nerven...!

- Aber das Ganze ist doch nur ein Trick, um Frau Flora zu einem Geständnis zu bewegen. In Wahrheit ist in dem Strudel eine harmlose Gemüsefüllung. Trinken sie noch eine Tasse, das beruhigt.

- Gut.

Ich weiss jetzt nicht genau, bezieht sich dieses „gut" auf den Rum oder auf meine beruhigenden Worte, aber ich fahre fort:

- Wissen sie, ich war auch einmal so jung wie sie

jetzt. Ich erinnere mich noch genau an die skeptischen Blicke meines Vorgesetzten und wie unsicher ich war, als ich den Zug zum ersten Mal ganz alleine aus dem Bahnhof fuhr. Es war ein gut besetzter Schnellzug mit einer älteren Lokomotive, auf der noch mehr Handgriffe nötig waren, als auf den neueren Modellen. Nach kurzer Zeit war ich so verschwitzt, dass mein Hemd klatschnass war und mir der Schweiss in Bächen von der Stirn lief. Aber ich habe es überlebt und meine Fahrgäste auch. Da muss jeder durch und sie schaffen das auch.

- Mag sein, aber das mit diesem angeblich vergifteten Essen lassen sie bleiben. So geht das nicht!

Der junge Mann versucht anscheinend mit seinem harschen Befehlston einen letzten Rest Autorität und Würde zu retten, was mich dazu treibt, ihn ein bisschen zu necken.

- Falls ich aber nicht vorhabe darauf zu verzichten, wie wollen sie mich davon abhalten? Haben sie eine Waffe?

Die Frage scheint den armen Jungen schon wieder

aus der Fassung zu bringen. Unsicher stammelt er:

- Natürlich, aber ich hoffe doch nicht, dass ich für diesen Fall eine Waffe brauche... ausserdem verkörpere ich auch ohne Waffe das Gesetz.

- Von dem wir ja wissen, dass es in diesem speziellen Fall ausser Kraft getreten ist.

- Jetzt reicht es aber mit diesem Unsinn. Sobald der Schneesturm nachgelassen hat, nehme ich sie mit auf das Revier. Dann werden meine Kollegen ja sehen, dass sie ver... etwas exzentrisch sind.

- Nett formuliert, danke. Aber sie brauchen sich nicht so euphemistisch auszudrücken. Wie gesagt, es stört mich nicht, wenn sie mich verrückt nennen.

- Wird mir nicht schwerfallen.

- *Der Narr hält sich für weise, aber der Weise weiss, dass er ein Narr ist.* Dieses Zitat Shakespeares gilt vermutlich auch für Verrückte.

- Ihr Shakespeare geht mir allmählich auf den Geist.

Ich lächle. Was soll man sonst tun bei so viel jugendlichem Draufgängertum? Hat doch Shakespeare schon im 17. Jahrhundert Herzog Friedrich in „Wie es euch gefällt" sprechen lassen; *Da der junge Mensch nicht hören will, so mag er auf seine eigene Gefahr vorwitzig sein.*

Das Klingeln des Telefons lässt uns beide zusammenfahren. Ich empfinde die schrille Dissonanz wie eine Entweihung der Totenruhe und beeile mich, den Hörer abzuheben.

- Frau Flora! Es bleibt doch hoffentlich bei unserer Verabredung?...

- Ja, natürlich können sie zehn Minuten später kommen, das ist kein Problem. Ich kann das Essen im Ofen warm halten...

- Nein, das verrate ich nicht. Das wird eine Überraschung...

- Ich freue mich auch, bis dann also. Auf Wiederhören!

Der Polizist schaut mich aus zusammengekniffen Augen an, während seine Stimme vor Entrüstung leise bebt.

- Sie haben ein Telefon?! Warum haben sie das

nicht gesagt und mich in diesen verdammten Schneesturm hinausgehen lassen?

- Sie haben mich nicht danach gefragt und sind so schnell verschwunden, dass ich sie nicht mehr aufhalten konnte. Ausserdem hätten sie auch selbst auf die Idee kommen können, dass es in einem Haushalt ein Telefon gibt.

- Wer hat denn heutzutage noch einen Telefonanschluss. Wir leben schliesslich im Mobilfunkzeitalter.

- Was nicht nur Vorteile bringt, wie jüngstes Beispiel zeigt.

- Pha!

Der Junge scheint schon wieder verstimmt zu sein. Ich versuche ihn abzulenken, indem ich nochmals Rum in seine Teetasse fülle und bemerke, dass Frau Flora etwas später als vereinbart kommt.

- Und wie soll die alte Frau bei diesem Schneesturm von ihrem Haus herüberkommen. Hat sie vielleicht ein Schneemobil?

Er scheint den Gedanken witzig zu finden, denn er grinst dümmlich und trinkt seine Tasse aus.

- Aber nein, natürlich nicht. Sie müssen wissen, dass sich unter der Villa ein grosser Keller befindet, welcher sich bis zum Gärtnerhaus erstreckt. Frau Flora kann trockenen Fusses bequem bis zu meiner Kellertür schreiten.

- Wie praktisch. So konnten die gelangweilten, reichen Damen unbemerkt ein Verhältnis mit ihrem Gärtner anfangen.

Der Rum scheint dem jungen Mann allmählich in den Kopf zu steigen, denn er lacht über dieser Vorstellung amüsiert auf und lässt sich in seinen Sessel fallen. Ich nehme ihm wie nebenbei die Tasse aus der Hand, um sie in die Küche zu bringen. Er scheint nicht allzu viel zu vertragen und einen betrunkenen Polizisten kann ich jetzt wirklich nicht gebrauchen.

4. Akt

Wie eine Mörderin sieht sie wirklich nicht aus, wie sie so klein und zerbrechlich auf ihren Stock mit dem silbernen Entenkopfgriff gestützt, vor mir steht.

Das altmodisch geschnittene, aber elegante Kostüm sitzt wie immer tadellos, selbst über ihrem buckligen Rücken. Wahrscheinlich das Werk eines sehr teuren Schneiders. Auch das weisse Haar ist wie immer zu einem perfekten Knoten im Nacken gedreht. Keine Ahnung, wie sie das in ihrem Alter hinkriegt, vermutlich geht so etwas nur durch jahrelange Übung.

Ihre trüben, farblosen Augen strahlen mich durch die dicken Brillengläser erwartungsvoll an, als sie mir mit ihrer freien Hand eine Flasche Armagnac Etchart aus dem Jahre 1893 entgegenstreckt. Ich weiss, dass von ihrem Vater noch einige solcher Schätze im Keller lagern, trotzdem habe ich Bedenken, ein so kostbares Geschenk anzunehmen.

Doch dann sage ich mir, dass sie, ganz egal wie der heutige Abend ausgeht, schon aufgrund ihres hohen

Alters nicht mehr dazu kommen wird all die ange-
sammelten Köstlichkeiten selber zu geniessen. Also
bedanke ich mich freundlich und bitte sie ins Wohnzimmer. Als erstes fällt ihr Blick auf den jungen Polizisten, welcher sich, ich vermute mal eher aus
Neugier als aus Artigkeit, erhoben hat und hoch
aufgerichtet neben dem Kamin steht.

- Dies ist ein guter Freund, welcher heute Abend
ebenfalls mit uns speisen wird.

Ich bin mir bewusst, dass dies in Frau Floras Augen keine korrekte Vorstellung ist, aber ich weiss
seinen Namen nicht mehr und dass er Polizist ist,
will ich noch nicht verraten. Um meinen Fauxpas zu
überspielen wende ich mich schnell ihm zu und
stelle ihm Frau Flora vor.

Frau Floras dünne Lippen sind zu einem schmalen
Strich zusammengepresst und ihr Gebiss beginnt
ungehalten zu klappern. Sie scheint nicht erfreut
darüber, dass wir nicht alleine dinieren. Doch wohl-
erzogen, wie diese alten Ladys aus besseren Kreisen
sind, lässt sie sich nichts weiter anmerken und grüsst

den Polizisten höflich, aber kühl.

Das Kaminfeuer wirft ein unruhig flackerndes Licht auf ihn, so dass Frau Flora mit ihren schlechten Augen das blaue Hemd und die Hose der Polizeiuniform nicht erkennen kann. Bestimmt fragt sie sich, woher ich so plötzlich einen guten Freund habe. Sheila und ich hatten in diesem letzten Jahr nie Besuch.

Um dem leicht schwankenden Polizisten keine Gelegenheit zu geben etwas Falsches zu sagen und auch, um die Peinlichkeiten eines Apéros mit Herumstehen und krampfhaftem Smalltalk über das Wetter zu überspringen, rücke ich Frau Flora wie ein korrekter Gentleman den Stuhl, welchen ich ihr am Esstisch zugedacht habe, zurecht.

- Bitte setzen sie sich, meine Liebe. Dieser Platz bietet den besten Ausblick.

Ich kann es mir nicht verkneifen, dies zu bemerken und freue mich, als sie unangenehm berührt geradeaus auf das Sofa starrt.

- Und sie, guter Freund, nehmen hier links von

Frau Flora Platz.

Die Rolle als Regieanweiser gefällt mir. Mit Hingabe inszeniere ich mein Dinner wie ein Theaterstück und verwandle das kleine Wohnzimmer in eine Bühne, auf welcher die Akteure wie Marionetten an meinen Fäden tanzen.

Und das Stück verspricht gut zu werden. Frau Flora schaut mit zusammengekniffenen Augen angestrengt geradeaus zum Sofa, als endlich der erhoffte, leise Schrei ertönt. Mit ausgestrecktem Zeigefinger zeigt sie auf Sheila.

- Ist *sie* etwa noch hier ...?!

- Aber selbstverständlich, dies ist doch Sheilas Abschiedsfeier. Was wäre eine Feier ohne die Hauptperson?

- Aber sie können sie doch nicht einfach hier so herumliegen lassen...!

- Warum denn nicht?

- Aber ich bitte sie, das ist doch geschmacklos! Wir sollen essen, während da... ? Also ich werde so keinen Bissen herunterbringen.

Der Polizist, der bis jetzt unschlüssig neben seinem zugewiesenen Stuhl gestanden hat und sich nun endlich zum Absitzen entschliesst, stimmt Frau Flora mit schwerer Zunge zu:

- Das ist wirklich nicht sehr appetitlich!

- Aber warum denn? Hat der Tod nicht etwas unglaublich Erhabenes? Ist er nicht berührender noch als die Geburt?

Frau Floras dünne Stimme droht sich hysterisch zu überschlagen:

- Es ist einfach... nicht richtig... es ist grotesk!

- Da gebe ich ihnen Recht, Sheilas Tod ist nicht richtig. Aber der Tod selbst ist weder grotesk, unappetitlich, noch geschmacklos. In vielen alten Kulturen ehrt man die Toten und wir erweisen Sheila mit diesem Essen die Ehre und Pietät, die sie verdient hat und die sich gehört.

Mit diesen Worten öffne ich Frau Floras Armagnac Flasche und schenke etwas des lang gehüteten, flüssigen Goldes in drei antike Bleikristallcognacschwenker, welche ich einst günstig auf einem

Flohmarkt erworben habe. Ich richte mich auf und erhebe feierlich das Glas:

- Mit diesem edlen Tropfen möchte ich auf eine edle Seele anstossen. Auf Sheila! Auf das Leben! Und auf den Tod! Oder wie Shakespeare so schön sagte; *wir sind von gleichen Stoff, aus dem die Träume sind und unser kurzes Leben ist eingebettet in einen langen Schlaf.*

Frau Flora scheint durch meinen Trinkspruch etwas besänftigt und hebt ebenfalls das Glas.

- Hört, hört! Das haben sie aber schön gesagt.

Auch der Polizist hebt jetzt das Glas und benutzt meinen Trinkspruch dazu, das kostbare Getränk mit einem einzigen Schluck hinunterzuspülen.

Ich setze mich hin und lasse die feierliche Stimmung auf mich wirken. Die Stille scheint Frau Flora unangenehm zu sein. Mit spitzen Fingern nestelt sie an der Serviette, während ihr Blick immer wieder zum Sofa schweift. Auch der Polizist erscheint mir nervös. Er umklammert das leere Cognacglas so krampfhaft, dass ich befürchte, es könnte ihm in der

Hand zerspringen. Um das zu verhindern, und um dem Schweigen ein Ende zu bereiten, erhebe ich mich und schenke den inzwischen wohltemperierten Wein von der Karaffe in die Weingläser.

- Dann werde ich mich jetzt kurz in die Küche zurückziehen. Zünden sie, lieber Freund, doch bitte schon mal die Kerzen auf dem Tisch an. Die Streichhölzer liegen dort drüben beim Kamin. Es dauert nur eine Minute. Ich habe alles schon vorbereitet.

Während ich die bereits angemachte Salatsauce über den schon angerichteten Salat träufle, höre ich im Wohnzimmer verlegenes Räuspern und künstliches Hüsteln. Das Eis zwischen meinen beiden Gästen scheint noch dick wie in der Arktis zu sein. Ich hoffe, dass sich diese Eiszeit nach ein paar Gläsern Wein legt, denn Sheilas Abschiedsmahl soll harmonisch verlaufen.

Kurz darauf serviere ich Frau Flora, wie es sich gehört, von der rechten Seite, den Salatteller und sage freundlich:

- Ich hoffe, sie haben Appetit mitgebracht?

- Sie waren ja so liebenswürdig, mich schon heute Morgen über diese nette Einladung zum Dinner in Kenntnis zu setzen, so habe ich den ganzen Tag gefastet, damit ich ihrem Gericht Ehre antun kann.

- Sehr schön, das freut mich. Und ich darf sagen, dass ich mir auch etwas ganz Besonderes ausgedacht habe. Es gibt zum Hauptgang Strudel aus selbstgemachtem, hauchdünn gezogenem Strudelteig.

- Oh, Herr Eusebius. Ich wusste ja gar nicht, dass sie die Kunst der Haute Cuisine beherrschen. Respekt!

- Danke, sie sind zu freundlich, doch es wird sich ja erst noch zeigen, wie ihnen mein Essen bekommt.

Der Polizist verschluckt sich am Wein und hustet, während Frau Flora unbeirrt fortfährt mir Honig um den Mund zu schmieren.

- *Die Hoffnung auf Genuss ist fast so süss als schon erfüllte Hoffnung.*

- Ah, wie geistreich. Sehr treffend, dieses Zitat aus „König Richard der Zweite". Doch bedenken sie, wie es in „Macbeth" so schön heisst; *was süss schmeckt, wird oft bitter beim Verdaun.* Ich hoffe sehr, dass ich sie nicht enttäusche.

- Zweifel sind Verräter, sie rauben uns, was wir gewinnen können, wenn wir nur einen Versuch wagen. Ich bin mir ganz sicher, dass es vorzüglich schmecken wird.

- Ihr Vertrauen ehrt mich, doch wie wir seit „König Lear" wissen, sollte man seine Gunst nicht vorschnell verschenken.

- Oh Herr Eusebius, sie sprühen ja heute geradezu vor Esprit.

- Und sie, meine Liebe, sind wie immer sehr liebenswürdig. Und nun wünsche ich einen guten Appetit.

Der Polizist zögert, worauf ich ihm nochmals Wein nachschenke, während Frau Flora bedenkenlos zur Salatgabel greift.

- Mögen sie keinen Salat, junger Mann?

- Nein!

Frau Flora hat sich, ladylike wie immer, im Griff. Nur ein sehr aufmerksamer Beobachter wie ich, kann an den leicht hochgezogenen Augenbrauen ihren Unmut über die ungezogene Art meines Gastes bemerken. Doch als sie das erste Salatblatt zu Munde führt, vergisst sie ihr Missfallen.

- Mmh, da entgeht ihnen aber etwas, junger Mann. Diese Salatsauce ist ja wirklich exquisit. Was ist ihr Geheimnis? Ich werde nicht von diesem Tisch aufstehen, bis sie mir das Geheimnis dieser aussergewöhnlichen Salatsauce verraten, Herr Eusebius.

- Bleiben sie ruhig sitzen...!

- Sie Schelm... aber ich werde es schon noch herausfinden. Auf jeden Fall ist da Estragon drin, richtig?

- Vielleicht...!

- Thymian?

- Kann sein...!

- Gurkenkraut?

- Wer weiss...!

- Aber bestimmt haben sie ein Kürbiskernöl verwendet, stimmt's?

- Ich möchte diese charmante Plauderei gerne noch endlos fortsetzen, doch der Höhepunkt dieses Essens steht ja erst noch bevor. Wenn sie dann fertig sind, wird es Zeit den Hauptgang anzugehen.

Ich räume die Salatteller ab und komme kurz darauf wie ein geübter Kellner, mit den Tellern auf dem Arm balancierend, aus der Küche. Ich habe es mir nicht nehmen lassen, die Teller mit silbernen Wärmehauben zu bedecken, was sehr vornehm aussieht. Und dann kommt der Moment, auf den ich mich schon den ganzen Tag gefreut habe.

Ganz langsam, als würde ich gleich zwei hervorgezauberte Tauben fliegen lassen, hebe ich die beiden Gloschen gleichzeitig von den Tellern meiner Gäste, was Frau Flora ein entzücktes ahhh entlockt und den Polizisten misstrauisch auf den Teller starren lässt. Ich setze mich und werfe ihm einen bedeutungsvollen Blick zu, der ihn auf das Kommende vorbereiten soll.

- Bevor wir zu essen beginnen, muss ich noch etwas gestehen. Ich habe mich bei diesem Gericht ein wenig mit fremden Federn geschmückt. Es könnte sein, dass ihnen, liebe Frau Flora, der Geschmack der

Füllung bekannt vorkommt, denn ich habe es nicht über das Herz gebracht, den Rest des vortrefflichen Gulasches, welches sie für Sheila gekocht haben und welches sie ja nun leider nicht mehr essen kann, fortzuwerfen. So habe ich es raffiniert mit Pernod und Schlagsahne verfeinert und in den Strudel eingerollt.

Meine Worte lösen die von mir vorhergesehene Reaktion aus; Frau Flora lässt kreidebleich geworden die erhobene Gabel sinken und starrt auf den Teller, als gäbe es dort etwas besonders Ekliges zu sehen.

Triumphierend werfe ich dem Polizisten, der mit beinahe ebenso grossen Augen stocksteif auf seiner Stuhlkante sitzt, einen Blick zu. Die nun eintretende Stille ist für mich eine Offenbarung, welche mich mit erlösender Genugtuung und gleichzeitig mit tiefster Abscheu erfüllt. Ich will es aber Frau Flora nicht zu einfach machen und beschliesse so zu tun, als würde ich von der dramatischen Wendung in diesem Akt nichts bemerken.

- Also sie sehen, wenn mir der Strudelteig einigermassen gelungen ist, kann ich nicht allzu viel falsch gemacht haben.

Mit diesen Worten schneide ich ein Stück meines Strudels ab und führe die Gabel bedächtig zum Mund. Frau Flora verfolgt meine Bewegungen wie eine Schlange, die mit starrem Blick eine Maus fixiert. Erst als der Bissen schon fast meine Lippen berührt öffnet sie den Mund und ruft:

- Halt! Warten sie!

- Was ist denn?

- Sie sollten das nicht essen.

- Aber warum denn nicht, meine Liebe?

- Weil... weil sie doch gar kein Fleisch mögen.

- Ach wissen sie, heute mache ich eine Ausnahme. Es ist ja auch ein ganz besonderer Anlass und dann, verehrte Frau Flora, haben sie dieses vorzügliche Gulasch eigenhändig selbst gekocht, so dass ich gar nicht anders kann, als es zu kosten. Wer weiss, vielleicht bekehren sie mich ja gar noch zu einem blutrünstigen Fleischesser.

Mein Lachen hallt fremd durch den Raum, in dem

es jetzt bis auf das Knistern des Kaminfeuers und das Ticken der Standuhr totenstill ist. Der Polizist scheint in eine Art Akinese verfallen zu sein, nur die nervös flatternden Augenlieder und der gleichförmige Griff nach seinem Weinglas zeigen, dass noch Leben in ihm ist.

Während Frau Flora verzweifelt nach Worten sucht, wende ich mich scheinbar unbekümmert wieder meinem Essen zu.

- Nein... nein sie sollten wirklich nicht...! Das Fleisch ist... inzwischen bestimmt verdorben.

- Aber nicht doch, ich habe es im Kühlschrank aufbewahrt. Das schmeckt bestimmt noch ganz hervorragend.

Frau Floras Gebiss klappert jetzt aufgeregt, während sie ihre bebende Hand auf meinen Vorderarm legt, um mich am Essen zu hindern. Der Polizist schüttelt seine Starre ab und macht Anstalten sich zu erheben, doch ich bringe ihn mit einer Handbewegung dazu, sich wieder hinzusetzen. Ganz so einfach will ich es Frau Flora nicht machen. Ich will sie noch etwas zappeln lassen... ich will sehen, wie sie sich windet und versucht ihren Kopf aus der Schlinge zu retten, welche sich ganz langsam, aber unaufhörlich immer enger zuzieht. Zu meiner grossen Genugtuung, werde ich sie jetzt darum mit „Troilus und Cressida" konfrontieren.

- *Warum schmäht ihr nun den Ausgang eures eigenen weisen Plans?*

- Aber ich wollte doch nicht sie... ich meine... ich würde sie doch niemals...!

- Was würden sie mich niemals, meine Liebe?

Frau Flora bekommt rote Flecken im Gesicht und schweigt. Es ist ihr wohl bewusst geworden, dass sie bereits zu viel gesagt hat. Mit sanfter Stimme beende ich ihren Satz.

- ...vergiften...?

- Ich weiss nicht, was sie meinen.

- Ich glaube ihnen, dass sie mich nicht vergiften wollten. Sie wollten Sheila vergiften, was ihnen ja auch gelungen ist. Sie sind eine hinterhältige Giftmörderin.

- Von was reden sie da nur? Ich muss sagen, ihr Verhalten irritiert mich, Herr Eusebius.

Ich wende mich an den Polizisten und kicke ihm unter dem Tisch verstohlen meinen Schuh in sein Schienbein, zum Zeichen, dass nun sein Einsatz gefordert ist.

- Ich denke Frau Floras Aussage und die Tatsache, dass sie mich davon abhalten wollte ihr vergiftetes Gericht zu essen, kann man als Geständnis werten. Sie können die Dame nun festnehmen.

- Was geht denn hier vor. Wieso festnehmen. Und wer ist dieser Mensch eigentlich?

- Ja meine Gute. Mein stiller Freund hier ist zufälligerweise Polizist und kann nun bezeugen, dass sie Sheila auf dem Gewissen haben.

- Aber das ist doch lächerlich. Nur weil ich kein abgestandenes Gulasch essen will, muss ich es doch nicht vergiftet haben. Also wirklich, so ein Unsinn.

Die alte Frau könnte einem leid tun wie sie, verzweifelt und schamrot im Gesicht, um eine Ausrede ringt. Doch sie ist eine gemeine Mörderin und verdient kein Mitleid, deshalb fahre ich fort, sie mit „Troilus und Cressida" zu malträtieren.

- *Komm, komm, wozu dies Erröten? Scham ist nur ein einfältiges Kind.*

Wie auf ein Stichwort hin wechselt Frau Flora ihre Taktik. Sie richtet sich auf und schafft es tatsächlich, ihr Gebiss schweigen und die roten Flecken in ihrem Gesicht verschwinden zu lassen. Ich komme nicht umhin, sie um ihre Selbstbeherrschung zu bewundern. Sie wäre eine vorzügliche Schauspielerin geworden und erweist meinem liebevoll inszenierten Stück hier alle Ehre.

- Liebster, bester Herr Eusebius, was ist nur in sie gefahren? Ich glaube, der Schmerz über ihren Verlust hat sie etwas aus der Fassung gebracht. Aber sie müssen wissen, sie sind nicht allein. Ich bin für sie da. Wie sagt doch Shakespeare; *Das Herz kann viel Leiden überwinden, wenn sich zur Qual und Not Mitmenschen finden.*

- Er sagt aber auch; *Ich mag nicht Freundlichkeit bei tückischem Gemüte.*

- Ich muss schon sehr bitten Herr Eusebius. Mit Bassanios Ausspruch aus dem „Kaufmann von Venedig" tun sie mir jetzt aber wirklich Unrecht. Es schmerzt mich, dass sie so schlecht von mir denken. Sie sollten mich eigentlich besser kennen.

- *Es gibt noch keine Kunst, die innerste Gestalt des Herzens im Gesicht zu lesen.*

- Jetzt kommen sie mir auch noch mit „Macbeth". Sie enttäuschen mich. Dabei wollte ich ihnen doch heute Abend einen gutgemeinten Vorschlag unterbreiten.

- Einen Vorschlag?

- Aber ja doch. Ich wollte ihnen anbieten, jetzt, da sie auch alleine sind, zu mir in die Villa zu ziehen. Mein Haus ist viel zu gross für mich alleine und wir hätten beide die Bereicherung unserer gegenseitigen, geschätzten Gesellschaft.

- *O heuchlerische Güte! Schmeichelnd kitzelt die Schlange, wo sie sticht.*

- Also, dass sie mir auf mein freundliches Angebot mit Imogen aus „Cymbeline" antworten, finde ich nicht angebracht, Herr Eusebius.

- Sie glauben doch nicht ernsthaft, dass es, nach dem was sie getan haben, zwischen uns noch irgendwelche Berührungspunkte geben kann.

- Aber ich habe doch gar nichts getan. Sie verrennen sich da in etwas. Ihr Schmerz lässt sie die Dinge nicht klarsehen.

- Es gibt einen einfachen Weg ihre Unschuld zu beweisen; essen sie von ihrem Strudel! Wenn sie das tun, werde ich alles zurücknehmen und zu ihnen in die Villa ziehen. Wenn sie mir diesen Beweis aber vorenthalten, werde ich dafür sorgen, dass sie ihre gerechte Strafe erhalten! Wie sagte Lanzelot zu seinem Vater, dem alten Gobbo im „Kaufmann von Venedig"; *Wahrheit muss ans Lichte kommen! Ein Mord kann nicht lange verborgen bleiben...!* Darum essen sie den verdammten Strudel! Essen sie! Essen sie!

5. Akt

Ich gebe zu, ich habe vielleicht etwas zu dick aufgetragen. Auf meinen theatralischen Ausbruch hin steht Frau Flora auf, faltet die Serviette zusammen und sagt betont würdevoll:

- Wenn sie schon Shakespeare für ihre befremdliche Aufführung bemühen, will ich ihnen auch mit Shakespeare antworten. *Ein jedes Ding hat seine Zeit!* Meine Zeit scheint nun gekommen. Auf Wiedersehen die Herren. Ich bin gerne bereit die Unterhaltung fortzusetzen, wenn sie sich weniger... indisponiert fühlen.

- Sie können nicht gehen!

- Was sollte mich daran hindern?

- Mein Gast und ich haben Hunger. Wir würden das Mal beenden.

- Tun sie, was sie nicht lassen können.

- Die Polizei wird ihren Kollegen hier suchen und selbst der einfältigste Polizist würde darauf kommen, dass nur sie unsere Mörderin sein können.

- Wenn sie glauben, dass ich sie vergiften will,

dann lassen sie doch einfach die Finger davon.

- Wie gesagt, ich habe Hunger.

- Mir ist der Appetit aber inzwischen vergangen. Sie haben mein Gulasch mit ihrem Gerede über Gift so schlecht gemacht, dass wir den Hauptgang einfach überspringen und zum Dessert übergehen sollten. Es gibt doch Dessert?

Natürlich erkenne ich das plumpe Ablenkmanöver, aber ich gehe zum Schein darauf ein, denn dass Frau Flora jetzt geht, ist nicht in meinem Sinn. Diese Aufführung darf nicht so unspektakulär enden, ich will ein Finale mit Pauken und Trompeten und tosendem Applaus. Das bin ich Sheila schuldig.

- Aber natürlich, was denken sie denn von mir. Es gibt eine Komposition aus selbstgemachten dunklem und hellem Schokoladenmousse mit Himbeersauce.

- Klingt doch wunderbar.

- Meine Mutter sagte immer, das Dessert muss man sich verdienen. Nur wer seinen Teller aufgegessen hat, kriegt welches.

- Ein Glück, dass wir keine Kinder mehr sind.

- Das Wort meiner verstorbenen Mutter hat für mich noch immer Gewicht, egal wie alt ich bin. Wissen sie, die Beziehung zwischen meiner Mutter und mir war etwas ganz Besonderes. Wenn ich es mir recht überlege, war das auch eine Art Shakespearesche Liebe. Ich merke gerade, dass ich eigentlich ein sehr glücklicher Mensch bin, da ich zweimal in meinem Leben diese vollkommene Liebe, die über Tod, Zeit und Raum hinaus geht, erleben durfte. Mein guter Freund hier und ich haben vorhin schon über diese einzig wahre Art der Liebe, welche Shakespeare so wundervoll offenbart, gesprochen.

- Liebe...! Liebe...! Soll ich ihnen einmal etwas über die Liebe erzählen? Es ist wie Armado in „Liebes Leid und Lust" sagt; *Liebe ist ein Kobold, Liebe ist ein Teufel, es gibt keinen böseren Engel als die Liebe.* Und auch damit hatte Shakespeare recht, denn Liebe ist Schmerz! Liebe ist Demütigung! Liebe ist Zurückweisung! Liebe lässt einem dürsten und sich in unsinnige Hoffnungen verstricken. Liebe ist, wenn nach all den langen Jahren der Entbehrung ein Mann kommt, der dieses quälende Sehnen, von dem man geglaubt hat, dass es inzwischen längst gestorben ist, wieder zum Leben erweckt. Und Liebe ist Dummheit, denn du gibst diesem Mann alles, nimmst ihn in dein Herz, dein Haus und in dein Testament auf, vererbst ihm alles, doch für ihn gibt es nur Sheila! Sheila! Sheila!

Erschöpft lässt sich Frau Flora auf ihren Stuhl niedersinken und bedeckt beschämt ihr Gesicht mit den Händen.

Ich weiss nicht, was mich mehr verstört; die Enthüllung, dass diese über achtzigjährige Frau mir soeben ihre Liebe gestanden hat oder die Tatsache, dass ich angeblich ihr Alleinerbe bin. Einen Moment bin ich sprachlos, doch dann begreife ich, dass sie mit diesem Liebesgeständnis gleichzeitig das Motiv zu ihrem Mord an Sheila geliefert hat.

- Eifersucht! Ganz banale Eifersucht war der Grund, dass Sheila sterben musste?!

- Eifersucht ist nie banal. Eifersucht ist der grausamste und leidvollste Schmerz den man sich vorstellen kann.

- Und der niedrigste und kleinlichste dazu!

Frau Flora schaut mich an und aus ihren Augen kullern tatsächlich echte Tränen.

- Shakespeare hatte Recht; *Was soll ich mit der Liebe, wenn sie den Himmel mir zur Hölle macht?*

- Sie brauchen sich vor der Hölle nicht zu fürchten, Frau Flora. *Die Hölle ist leer, alle Teufel sind hier,* wie es in „Der Sturm" so passend heisst!

Bevor Frau Flora protestieren kann, geschieht etwas Bemerkenswertes. Der Polizist erwacht aus seiner Lethargie und beginnt zu sprechen, wobei ihm seine schwere Zunge offensichtlich Mühe bereitet:

- Vielleicht ist Frau Floras Liebe zu ihnen ja auch so eine Art Shakespearesche Liebe, was ihrer Meinung nach ja alles entschuldigen würde.

Jetzt bin ich perplex! Hat mir der Bengel doch tatsächlich zugehört, und was noch erstaunlicher ist, er hat sogar verstanden was ich gesagt habe und mich dann mittels meiner eigenen Theorie mit einem einzigen Satz Schachmatt gesetzt!

Frau Flora aber greift nach dieser unerwarteten Apologie wie ein Ertrinkender nach dem berühmten Strohhalm.

- Sie haben vollkommen recht, junger Mann. Ich habe sie wohl unterschätzt, aber stille Wasser sind ja bekanntlich tief. Herr Eusebius, sie müssen zugeben, dass wer aus wahrer und alles verzeihender Liebe handelt, sprechen darf wie Viola in „Was ihr wollt"; *Mein Gedächtnis ist völlig rein und frei von Vorstellungen eines Unrechts, das ich jemanden zugefügt haben sollte.*

- Darauf will ich ihnen mit Cicero aus „Julius Cäsar" antworten; *Menschen deuten oft auf ihre Weise die Dinge, weit entfernt vom wahren Sinn.*

- Und ich spreche wie Lady Macbeth; *Auf Dinge, die nicht mehr zu ändern sind, muss auch kein Blick zurück mehr fallen! Was getan ist, ist getan und bleibt`s.*

- Das schreit geradezu nach „Romeo und Julia"; *Wenn Gnade Mörder schont, verübt sie Mord.*

- Aber bedenken sie, wie es im „Kaufmann von Venedig" heisst; *Die Gnade segnet den, der sie gewährt, und den, der sie empfängt.*

- *Wenn ein Mund, der Gnade hat verwirkt, von Gnade spricht, entweiht er dieses Wort,* "König Richard der Zweite", wenn ich mich nicht irre.

- Sie irren sich nicht, aber; *Es gibt auf Erden losgesagte Sünden,* "König Johann"... und sie sind es, Herr Eusebius, der die geflügelten Worte von Shakespeare entweiht, indem sie sie für ihre Zwecke missbrauchen.

- Versuchen sie nicht von ihrer Schuld abzulenken und zeigen sie so viel Grösse zu sühnen für das, was sie getan haben.

- Zu sühnen?

- Ja zu sühnen. Sie wissen doch, wie Shakespeare in „der Sturm" sagte; *Wer stirbt bezahlt all seine Schuld.*

- Wenn es denn wahr wäre, was sie mir unterstellen, so würden sie mich also im wahrsten Sinn des Wortes vor die Entscheidung stellen; *Sein oder nicht sein!*

- *Das ist hier die Frage...*

Der Polizist schreckt erfreut hoch, wobei er beinahe sein Weinglas umstösst.

- Hey, den Spruch kenne ich!

- Wie schön, ihre Mutter ist bestimmt sehr stolz auf sie.

Der Spott in Frau Floras Stimme ist nicht zu überhören und gleich darauf wendet sie sich auch schon wieder mir zu um mit unserem Wortgefecht fortzufahren:

- Wie können sie nur so an mir zweifeln. Ich dachte wir sind Freunde.

- *Die Liebe böser Freunde wird zur Furcht, die Furcht zum Hass, und einem oder beiden bringt Hass Gefahren und verdienten Tod...* „König Richard"!

Frau Flora wirft die Hände in die Luft, als hätte ich sie mitten ins Herz getroffen.

- *Oh schlimme Zeit! So tief kann nichts verwunden, als wird im Freund der tiefste Feind gefunden.* „Antonius und Cleopatra".

- *Die Freundschaft ist falsch und Liebe nur Träumen,* „Wie es euch gefällt".

- Wenn ich da mal unterbrechen dürfte!

Der Polizist, der unser „Shakespearesches Wortduell" wie einen Tennismatch mit hin und her schweifendem Kopf mitverfolgt hat, steht schwerfällig auf und hebt die Hand, als wolle er sich beim Lehrer melden. Doch Frau Flora ist so in Fahrt, dass sie seine erneute Einmischung kurzerhand mit einem Zitat aus „Romeo und Julia" abschmettert:

- *Habt Ihr nie vernommen; wo zwei zu Rate gehen, lasst keinen dritten kommen!*

Beleidigt sinkt der Junge auf seinen Stuhl zurück. Er greift nach dem Weinglas, um es kopfschüttelnd bis zum Rand aufzufüllen und murmelt:

- Total durchgeknallt, die Alten. Der reine Wahnsinn.

Gereizt fahre ich ihn an.

- *Ist dies schon Wahnsinn, so hat es doch Methode,* „Hamlet".

Das ist offensichtlich zu viel. Der Polizist scheint plötzlich rot zu sehen. Er springt auf und schlägt mit der Faust auf den Tisch, dass die Gläser klirren.

- Jetzt reicht es aber! Hamlet und Othello hin oder her, im Namen des Gesetzes befehle ich Shakespeare für den Rest des Abends verboten und das Essen hier auf diesem Tisch für beschlagnahmt!

- Shakespeare kann man nicht verbieten, sie Ignorant.

Frau Flora ist offensichtlich entrüstet über dieser Vorstellung und ich schliesse mich ihrer Empörung an:

- Und keiner konfisziert mein Essen! Schon gar nicht ein betrunkener Polizist.

Um meine Entschlossenheit zu untermauern, spiesse ich ein Stück von meinem Strudel auf die Gabel und schlucke den Bissen ohne Vorwarnung herunter. Frau Flora springt entsetzt auf.

- Nein, nicht! Was tun sie denn? Spucken sie es aus! Ich gebe es ja zu, ich habe das Gulasch vergiftet. Spucken sie es um Gottes Willen aus!

- Es ist zu spät!

Ich öffne meinen Mund und stelle meinen leeren Rachen zur Schau. Eine diabolische Freude überkommt mich, als ich Frau Floras bestürzten Gesichtsausdruck sehe. Ich kann direkt sehen, wie sie bis ins Mark getroffen in sich zusammenfällt. Haltlos beginnt zu wimmern.

- Was habe ich getan? Das habe ich nicht gewollt...!

Doch eine distinguierte Dame wie Frau Flora behält eben in jeder Situation die Contenance und schon gar nicht lässt sie einen Makel auf sich und ihren Namen fallen. Es dauert nicht lange und sie richtet sich wieder auf. Im Glauben, dass ich sterben muss, spiesst sie einen Bissen ihres Strudels auf die Gabel und spricht mit hoch erhobenem Haupt, so wie Brutus in „Julius Cäsar" zu Cassius sprach:

- Die Götter sein mir günstig, wie ich mehr die Ehre lieb, als vor dem Tod mich scheue!

Ich hebe mein Glas und gebe Sheilas Mörderin die passende Antwort, so wie Cassius Brutus geantwortet hat.

- Ich weiss, dass diese Tugend in euch wohnt, so gut ich euer äusseres Ansehen kenne. Wohl! Ehre ist der Inhalt meiner Rede. Mir, für mich selbst, wär es so lieb, nicht da

sein, als zu leben in Furcht vor einem Wesen wie mir selbst.

Frau Flora scheint völlig in ihrer Rolle aufzugehen. Mit erhobenem Glas prostet sie mir anerkennend zurück, führt die Gabel zu ihrem Mund und spricht wie Romeo im letzten Akt.

- So gib mir eine Dose Gift; solch scharfen Stoff, der schnell durch alle Adern sich verteilt, dass tot der Lebensmüde hinfällt, und dass die Brust den Odem von sich stösst so ungestüm, wie schnell entzündet Pulver aus der Kanone furchtbarem Schlunde blitzt!

Ohne dass ich sie daran hindere, schiebt sie den Bissen in den Mund und schluckt ihn herunter. Die Wirkung setzt schneller ein, als ich erwartet habe. Ihre letzten Worte entschlüpfen leise wie ein zarter Windhauch ihren Lippen:

- Wer stirbt bezahlt all seine Schuld.

Mit hervorquellenden Augen schaut sie mich durch die dicken Brillengläser an, bis sie vornüberkippt und ihr Kopf laut scheppernd in ihrem Teller aufschlägt. Der Blick des seitlich gedrehten Kopfes ist noch immer fest auf mich gerichtet, doch an den gebrochenen Augen sieht man zweifellos, dass Frau Flora tot ist.

Eine kurze Unendlichkeit lang scheint die Zeit stillzustehen. Der Polizist sitzt einfach nur da, unfähig zum Handeln.

Schliesslich breche ich das Schweigen und spreche feierlich:

- Oh wackere Frau Flora, dein Gift wirkt schnell!

Auch wenn ich Romeos letzten Ausspruch bevor er starb etwas frei zitiert habe, Shakespeare wäre begeistert über diese Szene und hätten wir Publikum, so würde es jetzt wohl in tobenden Beifall ausbrechen.

Doch der Polizist ist kein würdiger Zuschauer. Er weiss offenbar einen solch fulminanten Abgang nicht zu schätzen. Als sein alkoholvernebeltes Hirn die Situation endlich erfassen kann, springt er auf und schreit ernüchtert:

- Was haben sie getan? Sie Wahnsinniger, sie haben sie umgebracht!

- Es war ihre eigene Entscheidung. Ich habe ihr gesagt, was in dem Strudel ist.

- Aber mir haben sie gesagt, da sei Gemüse drin... hätte ich gewusst, dass sie tatsächlich das giftige Zeug servieren, hätte ich das alles doch niemals zugelassen...

- Da sehen sie ja, warum ich ihnen das nicht sagen konnte. Aber keine Angst, natürlich ist in ihrem und in meinem Strudel die harmlose Gemüsefüllung. Ich will uns beide ja nicht umbringen. Frau Flora hingegen... nun, sie hat es verdient.

- Sie... sie sind ein Mörder!

- Aber nicht doch. Sie bringen da etwas durcheinander. Frau Flora ist die Mörderin! Sie hat Sheila getötet, was hiermit eindeutig bewiesen wäre.

- Aber grosser Gott, Sheila ist doch nur ein Hund!

6. Akt

Ich halte mich nicht für einen gewalttätigen Menschen. Aber es gibt Sätze, die kann man einfach nicht unbeantwortet im Raum stehen lassen. Ich packe den Polizisten am Kragen und sehe ihm in die aufgerissenen Augen. Er ist so überrascht, dass er sich kaum zur Wehr setzt.

- Was meinen sie mit... *nur*... ein Hund?

Stotternd sucht der Junge nach Worten.

- Na ja... Sheila ist eben... ein Hund, ein sehr schöner Hund natürlich... ich finde afghanische Windhunde toll, wirklich... mit den langen Haaren... und so... aber es ist eben... kein Mensch.

- Und sie glauben, dass ein Mensch hoch über einem Tier, wie eben zum Beispiel einem Hund, steht?

- Na ja, es ist schon etwas... anderes.

- Sie wollen damit sagen, dass man einen Hund umbringen darf und einen Menschen nicht?

- Nein, natürlich nicht. Das Töten eines Hundes wird mit einer Busse bestraft.

Ich lasse den jungen Mann so abrupt los, dass er

sich strauchelnd an seinem Stuhl festhält um sich aufzufangen.

- Ein bisschen Geld macht also den Mord an einem Tier wieder gut, während man bei Mord an einem Menschen jahrelang ins Gefängnis muss?

- Das erscheint mir angebracht.

- Warum?

- Warum? Na eben... weil halt das eine ein Mensch und das andere... ein Tier ist.

- Ein Tier ist genauso ein Lebewesen wie ein Mensch.

- Das kann man nicht vergleichen. Sie können sich ja einen neuen Hund zulegen.

Verständnislos sehe ich den jungen Mann an.

- Und was soll ich mit einem neuen Hund? Das bringt mir doch Sheila nicht zurück.

- Das nicht, aber sie würden den neuen Hund mit der Zeit genauso gernhaben.

- Was sie da sagen ist inakzeptabel. Sie sagen auch nicht zu einer Mutter deren Kind gestorben ist, sie könne ja wieder ein Kind bekommen, sie würde es mit der Zeit genauso gernhaben oder zu jemandem der seinen Ehepartner verloren hat, er könne ja wieder heiraten.

- Das ist nicht dasselbe.

Der junge Polizist versteht gar nichts. Fast könnte er mir leidtun.

- Sie sind ein bedauernswerter Mensch.

- Warum sagen sie das?

- Sie hatten in ihrem bisherigen Leben vermutlich nur mit der Spezies Mensch zu tun und konnten nie die Erfahrung machen, dass Tiere eigentlich die besseren Menschen sind.

- Trotzdem ist ein Tier kein Mensch und ein Mensch kein Tier.

- Da muss ich ihnen widersprechen. Biologisch gesehen gehört der Mensch zu den Säugetieren. Das Erbgut von Schwein und Mensch stimmt zum Beispiel zu neunzig Prozent überein, das von Menschenaffen gar zu achtundneunzig Prozent. Abgesehen davon haben Tiere auch die gleichen Empfindungen wie wir Menschen; sie empfinden Wut,

Freude, Schmerz, Eifersucht, Trauer und sogar eine Art Liebe - ja Liebe. Ich behaupte sogar, es ist eine wahrhaftigere Liebe als die meisten Menschen je füreinander empfinden können. Es ist eine Liebe ohne Berechnung und ohne hormongesteuerte Anziehungskraft. Es ist einfach nur echte Zuneigung und Hingabe. Bei Hunden ist diese Liebe wohl besonders ausgeprägt. Es kommt vor, dass Hunde ihr Leben für ihren Menschen hergeben oder für ihn töten. Hundeliebe ist, wenn man es so betrachtet, echte Shakespearesche Liebe.

Als ich Shakespeare erwähne rastet der junge Polizist aus. Er schreit mich an, dass ich einen Moment lang befürchte einen Hörsturz zu erleiden.

- Hören sie doch endlich mit ihrem Scheissshakespeare auf. Hören sie überhaupt einfach mal auf zu reden. Ist ihnen eigentlich bewusst, dass sie einen Menschen umgebracht haben?

- Wie gesagt, Frau Flora hat den Tod verdient. Sie hat Sheila getötet.

- Das können sie doch unmöglich ernst meinen!

Einen Hund zu vergiften ist bestimmt nicht richtig, aber deshalb muss doch kein Mensch sterben.

- Wie überheblich das klingt. Ich frage sie; warum sollte ein Mensch mehr Wert sein als ein Tier? Gibt es etwa so etwas wie ein „Lebewesenwertemeter"? Und was sollte das messen? Gefühle, Fähigkeiten oder etwa die sogenannte Intelligenz? Und warum glauben sie, würde dieses Gerät zu unseren Gunsten ausschlagen. Etwa weil wir mit unserer genialen Intelligenz geniale Erfindungen machen, ohne aber dabei an die längerfristigen Folgen zu denken, so dass wir über kurz oder lang alle im Meer ersaufen, ersticken, verdursten oder verstrahlt werden? Oder sind wir allen anderen Lebewesen so weitaus überlegen, weil wir mit der hemmungslosen Ausbreitung unseres Lebensraumes nach und nach alle anderen Lebensformen ausrotten, obwohl wir auf diese angewiesen sind? Oder zeigt sich unsere vielgepriesene Überlegenheit, weil wir uns ein Götzenbild in Form von Geld geschaffen haben, was uns alle zu habgierigen Berserkern macht? Ich könnte noch ewig so fortfahren. Darum frage ich sie; ist dies die sogenannte Intelligenz, die uns so gottesgleich und über allen anderen Lebensformen erhaben machen soll?

- Sie sehen ja nur das Negative. Der Mensch bringt doch auch Gutes hervor.

- Zum Beispiel?

- Ähm...

- Sie sehen, so auf die Schnelle lässt sich nicht so einfach etwas finden.

- Das ist ziemlich Menschenverachtend, was sie da so von sich geben und auch wie sie über die arme, alte Frau hier urteilen.

- Aber nicht doch, ich bin doch kein Misanthrop. Ich sehe nur ganz realistisch, dass der Mensch ein grössenwahnsinniges Säugetier, mit einem zwar evident ausgeprägten, aber völlig dekadentem Hirn ist.

- Das mag auf manche Menschen zutreffen... zum Beispiel solche, die kaltblütig alte Damen ermorden. Doch nicht alle Menschen sind so krank im Kopf wie sie. Und jetzt halten sie endlich den Mund. Ich werde jetzt per Funk Verstärkung anfordern und sie verhaften. Jetzt wird mich keiner mehr auslachen, jetzt geht es um einen „echten Mord"! Sie bewegen sich nicht von der Stelle... und rühren sie die Tote nicht an. Das ist ein Fall für die Spurensicherung!

Ich will ihm noch nachrufen, um ihn an das Telefon zu erinnern, welches er in seinem Zustand anscheinend schon wieder vergessen hat, doch mit einem drohenden Blick auf mich reisst er die Jacke vom Haken und rennt aus dem Haus, um ein paar Minuten später wutentbrannt wieder hereinzustürmen und auf mich loszugehen.

- Wo ist er?

- Hey, immer langsam mit den jungen Pferden, junger Mann. Sie erwürgen mich ja.

Ich versuche seine Hände von meinem Hals zu lösen, doch sein Griff ist erstaunlich kräftig.

- Wo ist der Autoschlüssel? Ich weiss genau, dass ich ihn in meiner Jackentasche hatte!

Als er mich endlich loslässt schnappe ich nach Luft und räuspere mich, um die Stimmbänder wieder in

Position zu bringen.

- Aber Jungchen, ich werde dich doch nicht in so aufgebrachter Stimmung und mit diesem Alkoholpegel im Blut fahren lassen. Das wäre wirklich unverantwortlich von mir.

- Wo ist der verdammte Schlüssel. Sie... sie armer, alter Irrer. Sie reiten sich immer mehr in die Scheisse, wissen sie das?

- Ts, ts, immer diese Ausdrucksweise. Hast du denn heute Abend gar nichts über die Schönheit der Sprache gelernt? Dein Wortschatz lässt noch immer sehr zu wünschen übrig.

- Ich verbiete ihnen mich zu duzen! Und jetzt geben sie mir auf der Stelle meinen Autoschlüssel oder...!

- Oder was?

Der junge Polizist scheint eine Weile hin und her gerissen, ob er erneut auf mich losgehen soll oder nicht, dann besinnt er sich und lässt sich resigniert in seinen Ledersessel vor dem Kamin fallen.

- Sie schaffen mich! Wissen sie, sie schaffen mich

wirklich. Dies ist bestimmt der schlimmste Einsatz in meiner ganzen beruflichen, noch kommenden Laufbahn. Wenn ich einmal ein alter Mann bin und meine Enkelkinder schauerliche Polizei- und Gruselgeschichten von mir hören wollen, werde ich ihnen nicht von bestialischen Serienkillern und blutrünstigen Monstern erzählen, sondern von ihnen. Und dabei haben die mich bloss zu einem ganz gewöhnlichen Routinefall wegen eines toten Hundes geschickt. Aber sie bringen es fertig daraus einen Albtraum... nein, einen regelrechten Horrortrip zu machen. Am liebsten würde ich ihnen ihren giftigen Strudel in den Rachen stopfen und zusehen... nein, ich will mich nicht auf ihr Niveau herablassen.

- Das ist ein bisschen beleidigend, aber es bringt mich auf eine Idee. Ich möchte dir einen Deal vorschlagen.

- Einen Deal? Ich mache keinen Deal mit Verrückten und mit Mördern schon gar nicht. Und duzen sie mich nicht, verdammt nochmal. Ich bin eine Amtsperson!

- Ich habe den Schlüssel zu deiner eigenen Sicherheit in einem unbemerkten Moment aus der Jackentasche genommen und versteckt. Du wirst ihn ohne meine Hilfe nicht finden, darum schlage ich vor, lass uns die Sache wie zwei Männer austragen!

- Wollen sie jetzt etwa mit mir vor die Türe gehen und sich duellieren?

- Aber nicht doch... obwohl, Shakespeare hätte seine Freude daran. Aber nein, ich schlage eine etwas zivilisiertere Art und Weise vor.

- Jetzt bin ich aber mal gespannt, was sie unter zivilisiert verstehen.

- Sagt dir russisches Roulette etwas?

- Grosser Gott! Gibt es hier eine Zwangsjacke? Nie ist eine Zwangsjacke zur Hand, wenn man eine braucht.

- Das war witzig. Aber zurück zum Thema, russisches Roulette war im ersten Weltkrieg bei den Russen ein Spiel zum Zeitvertreib in der verzweifelten Situation in den Schützengräben, bevor es dann in gewissen Kreisen der Oberschicht zu einem dekadenten Kick wurde. Man nimmt einen Revolver, lädt ihn mit nur einer einzigen Patrone und dreht die Trommel so, dass keinem der Spieler die Position der Patrone bekannt ist. Bei einem sechs schussigen Revolver bestand also eine Chance von Eins zu Fünf, dass man sich eine Kugel in den Kopf jagt oder eben nicht.

- Wie zivilisiert!

- Später hat man diese Methode in gewissen Ländern auch zur Folter verwendet.

- Sehr nett. Und jetzt holen sie dann gleich ihren Revolver aus dem ersten Weltkrieg hervor?

- Aber nein, woher sollte ich einen so alten Revolver besitzen?

- Ich frage mich schon lange nichts mehr, was sie betrifft.

- Wir brauchen auch gar keinen Revolver, wir haben ja alles was wir brauchen hier!

- Was kommt jetzt? Ich wage es mir gar nicht auszudenken.

- Nicht doch, das wird kurzweilig, du wirst sehen.

- Zum letzten Mal, wir sind nicht per du!

- Ich finde, dein Griff an meinen Hals hat zwangsläufig etwas Intimes, was eine solche Anrede in meinen Augen rechtfertigt.

- Ich verbiete mir das.

- Wie du meinst. Ich werde jetzt also den Gemüsestrudel, den ich mit so viel Liebe zubereitet habe und um den es wirklich schade wäre ihn zu vergeuden, in kleine, mundgerechte Stücke schneiden und auf einen grossen Teller legen. Dann nehme ich ein einziges Stück von Frau Floras, wie wir inzwischen mit Sicherheit wissen, vergifteten Strudel, und mische es unter die anderen, harmlosen Bissen.

- Sie ticken echt nicht mehr richtig, wenn sie glauben, dass ich mich auf einen solchen Schwachsinn einlasse.

- Hör dir doch erst einmal die Spielregeln an. Also, ich richte hier einen Teller voller appetitlichen Häppchen, bis auf eines, den schwarzen Peter sozusagen. Dann brauchen wir zwei Würfel und...

- Sparen sie sich die Mühe. Warum sollte ich mich

wegen eines Irren in Lebensgefahr begeben?

- Keine Angst, in diesem Spiel geht es nicht wirklich um Leben und Tod. Auch wenn wir unsere Differenzen haben, bist du mir doch irgendwie ans Herz gewachsen. Hätte ich einen Sohn, wäre er vielleicht so wie du.

- Ach du Scheisse, das fehlte noch.

- So reden dürftest du dann allerdings nicht.

- Gott sei Dank ist der Welt das erspart geblieben... noch so ein Exemplar...!

- Jetzt hast du mich gekränkt.

- Tatsächlich? Nein, wie leid mir das tut.

- Auch wenn ich deinen Sarkasmus erkenne, ich wäre bestimmt ein guter Vater geworden.

- Aber ja doch, bestimmt jedes Kind wünscht sich einen Mörder zum Vater.

- Wann begreifst du es endlich. Frau Flora ist die Mörderin und nicht ich. Und sie hat sich aus freien Stücken für ihre gerechte Strafe entschieden!

- Ach hören sie doch endlich auf mit diesem Stuss. Ich kann ihr Geschwätz nicht mehr hören... und duzen sie mich nicht immer!

- Schon gut, wie du willst. Aber zurück zu den Spielregeln. Der Gewinn bei diesem Spiel wird der Autoschlüssel sein. Gewinnst du, kriegst du nicht nur den Schlüssel, sondern auch mich dazu. Ich werde dann ohne Widerstand mit dir kommen. Gewinne aber ich, wirst du mir helfen Frau Flora in die Grube zu legen, welche ich im Keller für Sheila ausgehoben habe. Klein, wie die alte Dame ist, wird sie problemlos hineinpassen. Wir werden sie dort, mit allen Ehren versteht sich, beerdigen und sozusagen Gras über die Geschichte wachsen lassen. Du wirst deinem Vorgesetzten den ganz normalen Todesfall eines Hundes melden und ich irgendwann zu einem späteren Zeitpunkt das Verschwinden von Frau Flora. Ich werde sagen, dass sie alt und dement war und vermutlich davongelaufen ist. Das kommt bei älteren Menschen ja bekanntlich schon mal vor. Für Sheila werde ich eine andere Lösung finden... ich könnte sie zum Beispiel ausstopfen lassen und hier im Wohnzimmer aufstellen, so hätte ich das Gefühl, dass sie immer um mich ist... wobei diese ausgestopften Tiere glotzen immer so unnatürlich mit ihren Glasaugen... Da fällt mir ein; irgendwo habe ich gehört, dass man aus Verstorbenen Diamanten machen kann. Etwas so Kostbares und Edles wie ein Diamant wäre ein würdiges Ende für Sheila. Es wäre auf jeden Fall besser als in der Erde von Würmern gefressen zu werden und ich könnte sie auf diese Weise immer bei mir tragen. Eine wirklich schöne Idee...

- Wissen sie, was mir soeben klar wird. Sie werden nicht im Gefängnis, sondern tatsächlich in der Klapse enden. Machen sie sich schon mal auf eine schöne Gummizelle und Elektroschocks gefasst.

- Ich glaube nicht, dass diese Methode heutzutage noch angewandt wird.

- Bei ihnen würde ich nicht darauf wetten. Ich auf jeden Fall würde es tun...!

- Na also, das ist doch die richtige Einstellung für unser kleines Spiel. Ich gehe eben mal schnell in die Küche und bereite alles vor.

7. Akt

Anscheinend ist der Polizist wieder etwas klarer im Kopf und hat sich an das Telefon erinnert. Durch die offene Küchentüre sehe ich, wie er umständlich auf der altmodischen Wählscheibe eine Nummer wählt. Gleich darauf höre ich ihn sprechen:

- Ich brauche Verstärkung für einen Mordfall...

- Nein, nicht der Hund, diesmal ist es ein echter Mord...

- Ja, ich weiss, was ich gesagt habe, aber jetzt ist die Nachbarin tot...

- Die, die den Hund vergiftet hat...

- Sie ist auch vergiftet worden...

- Im Gulasch, welches sie für den Hund gekocht hat...

- Nein, sie hat es selber da rein getan...

- Ja, sie hat davon gegessen...

- Was weiss ich warum, weil hier alle gaga sind...

- Natürlich bin ich sicher, dass sie tot ist...

- Hörst du mir nicht zu, sie sitzt tot mit dem Kopf im Teller am Tisch...

- Aber ich lalle doch nicht...

- Nein, ich bin nicht betrunken...

- Vielleicht ein oder zwei Drinks, aber es war nach Fünf Uhr...

- Verdammt, ich kann jetzt nicht nach Hause gehen und mich ausschlafen, da sitzt eine tote Leiche am Tisch...

- Ich weiss, dass Leichen immer tot sind... Hallo? Hallo? Dieser blöde, aufgeblasene, arrogante, überhebliche Arsch!

Ich strecke den Kopf aus der Küchentür und frage mitfühlend:

- Gibt es ein Problem?

- Ach halten sie bloss die Klappe, mir steht die Galle bis hier.

Der Polizist schmettert den Hörer auf das Telefon und füllt sein Weinglas mit Frau Floras Armagnac. Grossmütig gönne ich ihm den Luxus, schliesslich besitze ich ja neuerdings einen ganzen Keller voll mit solchen Kostbarkeiten.

Plötzlich steht er hinter mir und schaut über meine

Schulter zu, wie ich die im Ofen warmgehaltenen Überreste des Gemüsestrudels in kleine, mundgerechte Stücke schneide und sie auf einen grossen Teller lege. Ein Stück davon schiebe ich mir schon einmal spitzbübisch in den Mund und stelle zufrieden fest, dass der Strudel selbst lauwarm noch vorzüglich schmeckt.

Noch immer aufgewühlt von dem Telefonat verfolgt der Polizist jede meiner Bewegungen und kippt dazu respektlos den exquisiten Inhalt seines Glases in sich hinein. Als ich ein Stück von dem vergifteten Gulaschstrudel abschneide und gut sichtbar in die Mitte des Tellers platziere, hält er einen Moment hörbar den Atem an.

Ich trage den Teller ins Wohnzimmer, wo ich ihn, nachdem ich ein paar Zeitungen weggeräumt habe, auf das Salontischchen vor dem Sofa stelle. Schliesslich schiebe ich meinem Gast den Ledersessel so hin, dass er bequem Zugriff auf den Teller hat und gehe zu dem alten Holzschrank, von dem ich weiss, dass ein paar alte Gesellschaftsspiele vom früheren Bewohner darin aufbewahrt sind.

Ich finde zwei Würfel und setze mich auf das Sofa neben Sheila. Sachte ziehe ich die Decke von ihrem Kopf und streichle sie zärtlich. Mit den geschlossenen Augen sieht sie aus, als wäre sie eben eingeschlafen. So haben wir oft hier gesessen, während ich die Zeitung gelesen, und dabei ihren regelmässigen Atemzügen gelauscht habe. Manchmal hat sie im Traum leise geknurrt oder die Beine bewegt, als jage sie einen Hasen oder eine Katze.

- Und was soll das jetzt werden?

Der Junge reisst mich aus meinen so kostbaren und gleichzeitig so schmerzvollen Erinnerungen. Er hat einfach kein Feingefühl. Immer stört er im unpassendsten Moment.

- Weisst du, was man über afghanische Windhunde sagt? Nein, natürlich nicht... man sagt, sie sind schnell wie der Wind, mutig wie ein Löwe und treu bis in den Tod! Aber diese Zuneigung schenken sie nicht jedem. Bei aller Sanftmut sind es unglaublich stolze und unabhängige Geschöpfe. Es gibt Menschen, durch die hat Sheila einfach hindurchgesehen, wie zum Beispiel Frau Flora. Es ist eine Auszeichnung, von einem Wesen wie Sheila geliebt zu werden.

- Aha...

Mehr weiss der dumme Junge nicht zu sagen, aber ich kann ihm keinen Vorwurf machen. Er hatte ja nie das Glück eine so wundervolle Beziehung zu erleben. Ich fahre mir mit der Hand über die Augen und versuche mich auf das Spiel zu konzentrieren.

- Also, es läuft so ab. Wir werfen die beiden Würfel und derjenige, welcher die höhere Punktezahl würfelt, nimmt ein Stück Strudel vom Teller und isst es. Da man das giftige Stück gut erkennen kann, besteht keine wirkliche Gefahr. Erst beim letzten Bissen wird sich so entscheiden, wer den schwarzen Peter bekommt. Aber jeder von uns kann jederzeit aussteigen, wenn er nicht mehr spielen will.

Ich werfe die Würfel auf das Tischchen und lege gleich zu Beginn eine Fünf und eine Sechs hin. Mein junger Freund steht etwas unschlüssig mit dem leeren Glas in der Hand herum und meint schadenfreudig:

- Das ist leicht zu unterbieten.

- Na dann zu, Junge. Wie Shakespeare sagte; *Es steigt der Mut mit der Gelegenheit.*

Da habe ich wohl die richtigen Worte getroffen. Meine Anspielung auf seinen Mut, vielleicht auch der Alkohol und der Frust über seine Arbeitskollegen, lassen ihn über seinen Schatten springen. Er greift nach den Würfeln und würfelt eine Zwei und eine Vier.

- Na dann, guten Appetit alter Mann!

Ich greife nach einem Stück Gemüsestrudel und sage feierlich:

- *Sei fest bereit zu sterben, denn Tod und Leben, beides wird dadurch süsser!*

- Shakespeare, nehme ich an. Der Spruch hat aber was, den werde ich mir merken.

- Das freut mich, es gibt anscheinend noch Hoffnung für dich. Darauf sollten wir trinken. Wein oder Armagnac?

- Egal, Hauptsache flüssig.

Mich schaudert, eben war ich noch stolz auf den Jungen gewesen. Ich überlege, ob ich in jungen Jahren auch so oberflächlich war, doch ich kann mich nicht erinnern.

- Dann bring mal die Weinflasche vom Tisch herüber, Jungchen... und ein Glas für mich.

Schwankend torkelt der Polizist zum Tisch. Vor Frau Floras Stuhl macht er eine tiefe Verbeugung, so dass er beinahe vornüberkippt und lallt:

- Gnädige Frau gestatten? Ach, wen frage ich denn da, sie haben bestimmt nichts dagegen...!

Das grosse Glas Armagnac vorhin hat ihm anscheinend den Rest gegeben. Er kichert albern und bringt eine volle Weinflasche, welche ich etwas umständlich öffne und unsere Gläser fülle. Ich schwenke das dickbauchige Glas und rieche andächtig daran.

- Na dann Prost, Jungchen. Auf zur zweiten Runde. Du musst zugeben, das macht Spass. Diesmal würfelst du zuerst.

Drei Mal nacheinander würfle ich die höhere Augenzahl, was mir recht ist, weil ich Hunger habe. Doch dann würfelt der Polizist zwei Sechsen, worauf er erschrocken innehält. Einen Moment lang sieht es aus, als wolle er aussteigen, doch dann hebt er das Glas, kippt es hinunter und nimmt mit spitzen Fingern ein Stück Gemüsestrudel von ganz aussen am Rand, möglichst weit von dem vergifteten Stück entfernt.

Nun, da er einmal seinen Vorbehalt gegenüber meiner Kochkunst aufgegeben hat, wird das Spiel mit jeder Runde vergnüglicher, nicht zuletzt, weil er nach jedem Bissen kräftig mit Wein nachspült. Als dann schlussendlich nur noch zwei Stücke auf dem Teller liegen, steigt die Spannung bis in die Fingerspitzen. Ich würfle eine Eins und eine Sechs. Der Polizist eine Zwei und eine Fünf. Wir wiederholen den Zug, worauf ich die höhere Punktezahl lege. Wir heben die Gläser, trinken, ich esse den letzten geniessbaren Bissen, dann blicken wir beide gebannt auf das letzte Stück, das sogenannte Fragmentum

Fatalis.

Der betrunkene Polizist scheint von der Situation fasziniert zu sein. Mit glasigen Augen und roten Wangen schaut er mich an und auch mich ergreift ein schwer erklärbares, angenehm prickelndes Grauen. Einen kurzen Moment lang stelle ich mir vor, wie es wäre, das Spiel tatsächlich zu Ende zu spielen.

Ich greife nach den Würfeln und lege eine Zwei und eine Vier hin. Auch der Polizist scheint sich dem Sog des Spieles nicht entziehen zu können und würfelt ebenfalls. Er starrt lange auf die Würfel und versucht zu rechnen, was ihm deutlich schwerfällt. Als er begreift, dass er das Spiel gewonnen hat, scheint eine gewisse Nüchternheit über ihn zu kommen. Er strafft seine Schultern und besinnt sich offenbar auf seine Aufgabe als Gesetzeshüter.

- Na gut, Opa. Wir hatten unseren Spass. Aber jetzt muss ich sie wegen Mordes an Frau Flora... wie heisst die Frau eigentlich? Na egal, ich werde sie jetzt wegen Mordes festnehmen. Wow, das ist meine erste richtige Verhaftung! Sie haben das Recht zu schweigen, denn alles was sie sagen, kann gegen sie verwendet werden und so weiter... sie kennen das ja sicher aus dem Fernseher. Tja, dann wäre jetzt wohl der berühmte Moment der Wahrheit gekommen. Bestimmt haben sie noch einen passenden Spruch von Shakespeare auf Lager. Nur zu, bald wird ihnen das Sprüche klopfen sowieso vergehen.

- Wenn du darauf bestehst. Wie wäre es mit Hamlets *mein Schicksal ruft*!

- Von mir aus. Dann lassen wir es mal rufen. Und jetzt her mit dem Autoschlüssel!

Folgsam krame ich den Autoschlüssel aus meiner Hosentasche und warte, als er umständlich nach seinen Handschellen am Gurt tastet. Da er keine finden kann, schaut er sich suchend um.

- Haben sie einen Strick oder so etwas?

- Tut mir leid, ich habe nur eine Rolle Bindfaden. Dort drüben in der Küchenschublade. Aber du brauchst mich nicht zu fesseln. Ich stehe zu meinem Wort und mache keine Umstände mitzukommen.

Ich bin ein Ehrenmann.

- Ja genau... so sehen sie aus!

Der Polizist torkelt in die Küche und holt ein Stück Schnur, welche er mir so unprofessionell um die Handgelenke bindet, dass ich mich immer sogleich wieder herauswinden kann. Als ich plötzlich über die widersinnige Situation lachen muss, wird der Junge ärgerlich und beginnt zu fluchen.

- Nun halten sie schon still, verdammt noch mal. Mann, bin ich froh, wenn ich sie endlich los bin. Sie sind der anstrengendste Mensch, den ich kenne. Wenn man bedenkt, dieses ganze Theater nur wegen eines dummen Hundes...!

Ich habe noch nie jemanden niedergeschlagen, aber ich muss sagen, es fühlt sich gut an. Im Moment jedenfalls, nachher ist man etwas ratlos.

Was soll ich jetzt mit dem Polizisten anfangen, der da lang ausgestreckt auf dem Fussboden vor dem Kamin liegt? Von seiner Schläfe rinnt ein dünner Blutfaden, der langsam als roter Flecken im Teppich versickert.

Warum musste er aber auch mit dem Kopf auf den steinernen Kaminsims aufschlagen? Ich fahre mit der Hand über meine feuchte Glatze mit dem schütteren Haarkranz. Mein Atem geht schwer und stossweise. Wenn der Junge jetzt tot ist, bin ich doch noch zum Mörder geworden.

Wir wissen wohl, wer wir sind; aber nicht, was wir werden können. Wie weise Shakespeare doch Ophelia, die Tochter des Polonius, zu Claudius, dem König von Dänemark, hatte sprechen lassen.

Ja, ich habe gewusst, wer ich bin; ein unbedeutender, einsamer, kauziger und etwas verschrobener alter Mann, der durch die Liebe eines Hundes zum Leben erweckt wurde. Doch nie hätte ich gedacht, dass ich eines Tages einen Polizisten totschlagen würde.

Nun habe auch ich Schuld auf mich geladen und bin schlussendlich nicht besser als Frau Flora. Bei genauer Betrachtung natürlich habe ich nicht anders handeln können, denn niemand nennt Sheila ungestraft einen dummen Hund!

Meine Hände sind blutig, doch ich schäme mich, dass mein Herz so weiss ist. Der Sinn dieses Zitates aus „Hamlet" offenbart sich mir erst jetzt so richtig und ich muss einmal mehr bewundern, was für ein herausragender Geist und exzellenter Menschenkenner Shakespeare doch gewesen war. Kein anderer konnte so feinsinnig in den Tiefen der menschlichen Seele lesen und die Erkenntnisse daraus so meisterhaft in Worte fassen. Dass seine Zitate selbst Jahrhunderte später noch treffend sind, als wären sie eigens für mich geschrieben worden, ist schon mehr als erstaunlich.

Ich beuge mich über den Polizisten und vergewissere mich, ob er tatsächlich tot ist. Doch da ist kein Puls, nicht das kleinste Schlagen seines Herzens, festzustellen. Dieser dumme Junge! Er bringt das ganze liebevoll arrangierte Stück durcheinander und der letzte siebte Akt wird nun viel zu kurz.

Verzweifelt stehe ich mitten im Raum und schaue mich um; Sheila liegt wie schlafend auf dem Sofa,

Frau Flora sitzt immer noch mit dem zur Seite gedrehten Kopf im Teller am Tisch und der junge Polizist liegt lang ausgestreckt in seinem Blut vor dem Kamin.

Ein so spontan entstandenes Bühnenbild ist eine Herausforderung für den Regisseur. Zu Improvisieren ist immer ein Drahtseilakt. Es kann gelingen oder auch total daneben gehen. Ich lasse das Bild auf mich wirken, richte mich schliesslich hoch auf, strecke die Brust heraus und spreche mit klarer, fester Stimme:

- Nehmt auf die Leichen! Solch ein Blick wie der ziemt wohl dem Feld, doch hier entstellt er sehr.

Diese treffende Schlusssentenz aus „Hamlet" hätte Frau Flora gefallen und tatsächlich kommt es mir vor, als husche im flackernden Schein der herunterbrennenden Kerzen ein Lächeln über ihr Gesicht.

Der frenetische Applaus in meinen Ohren erfüllt mich mit Stolz, doch es wird Zeit für den letzten Vorhang. Der richtige Zeitpunkt für den Abgang ist äusserst wichtig für ein gelungenes Finale.

Ich denke an Frau Floras letzte Worte, bevor sie starb. *Wer stirbt bezahlt all seine Schuld.* Ob Shakespeare auch damit Recht hatte? Ich greife nach den Würfeln und werfe eine Drei und eine Eins. Aber es ist egal, denn das letzte Stück auf dem Teller macht mir keiner mehr streitig.

Der Rest ist Schweigen.